TENNYSON. — LONGFELLOW

ESSAIS

DE

TRADUCTION POÉTIQUE

PAR

LUCIEN DE LA RIVE

PARIS

LIBRAIRIE DE CH. MEYRUEIS

RUE DES SAINTS-PÈRES, 33

1870

ESSAIS

DE

TRADUCTION POÉTIQUE

PARIS. — TYPOGRAPHIE DE CH. MEYRUEIS

13, rue Cujas.

TENNYSON. — LONGFELLOW

ESSAIS

DE

TRADUCTION POÉTIQUE

PAR

LUCIEN DE LA RIVE

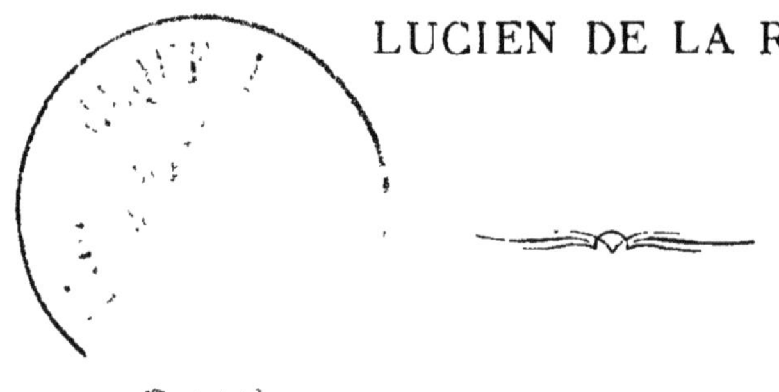

PARIS

LIBRAIRIE DE CH. MEYRUEIS

RUE DES SAINTS-PÈRES, 33

1870

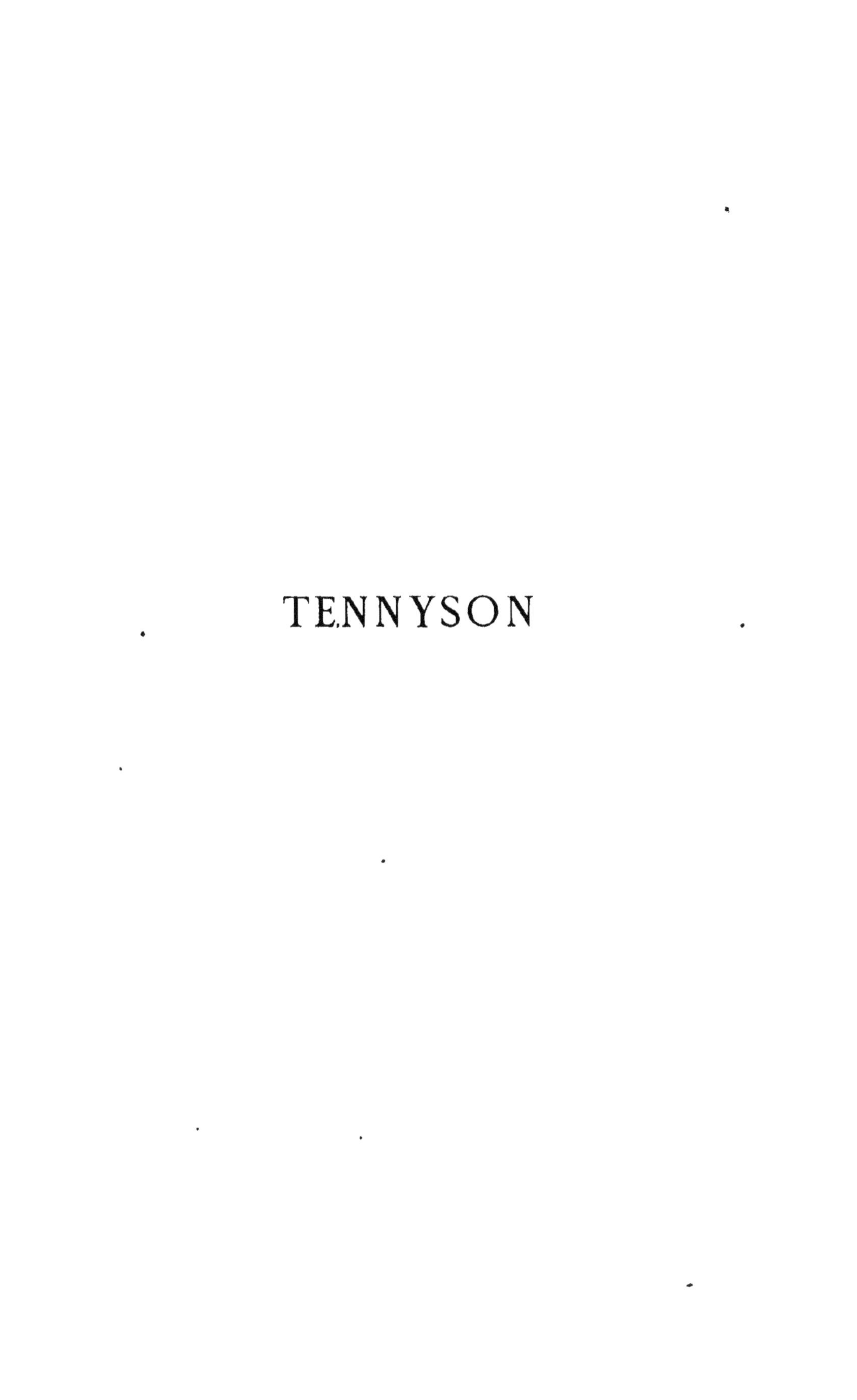

TENNYSON

ALFRED TENNYSON

Heureux peuple que les Anglais ! Heureux écrivain que Tennyson ! On annonce un nouveau poëme de lui : aussitôt curiosité, j'allais dire émotion générale. On ne parle plus d'autre chose. Trente mille exemplaires de ce volume sont retenus avant la mise en vente. Et cette popularité dure depuis trente ans, et elle n'a fait que croître jusqu'à l'heure où le poëte va toucher à la vieillesse.

C'est qu'il est un art de se conserver intellectuellement, et cet art, Tennyson en connaît le secret. On ne peut jeter un regard sur sa vie sans admirer sa fidélité à la vocation poétique, son amour de la perfection, et cette religion du travail sans laquelle il n'y a qu'improvisation stérile : une œuvre ne vaut jamais que ce qu'elle a coûté.

La vie de Tennyson a été toute domestique et privée. Son père était pasteur de campagne dans le comté de Lincoln. Il naquit en 1809, et fit ses études à Cambridge, où il se lia intimement avec cet Arthur Hallam, dont il devait immortaliser la mémoire. Arthur était plus jeune que son ami d'un ou deux ans, mais il avait sur lui et ses autres condisciples l'ascendant qu'exercent le sérieux de la pensée et l'élévation du caractère. Tous les deux, d'ailleurs, étaient adonnés à la poésie : Tennyson, avec une vocation plus marquée; Hallam, en y mêlant un goût de spéculation métaphysique, sociale et historique, qui finit par dominer tout le reste. On aime à se représenter les deux amis vivant de cette belle vie des universités anglaises, les libres études, les longues promenades, les conversations sans fin, toutes les questions soulevées et débattues. Les vacances étaient employées à des voyages. Je trouve, dans un ouvrage qui vient de paraître (1), la trace d'une excursion d'Hallam et de Tennyson dans les Pyrénées, en 1830. *Œnone* fut écrit à Cauterets, le pic du Midi figurant pour le mont Ida. C'est la même année, lorsqu'il était encore à Cambridge, que Tennyson publia son premier recueil de poésies, un mince volume, dont les étrangetés et les beautés attirèrent tout d'abord l'attention. Il se fit un certain bruit autour de ce livre. Sous bien des affectations, des accès de turbulence et d'extravagance, on sentit une inspiration sincère, — sous l'originalité voulue, une originalité véritable. Le poëte, d'ailleurs, se cherchait visiblement lui-même; il prenait tous les tons, ha-

____

(1) *The poems and prose remains of Clough*, 1869, t. Iᵉʳ, p. 269.

sardait tous les rhythmes, essayait tous les effets, fredonnait tous les airs, courait à tous les sujets, s'abandonnait à toutes les fantaisies, et surtout il faisait la cour à toutes les belles. Le lecteur ne laissait pas que de rester perplexe au milieu de ces Claribel et de ces Isabel, de ces Madeline et de ces Adeline : jamais passion ne s'était montrée si volage. Mais non, ce qu'il y avait de moins dans ce volume, c'était justement la passion, les cordes graves du cœur. L'imagination, une imagination brillante, ailée, fantasque, telle était la muse du jeune auteur. Il semblait vivre parmi les splendeurs des *Mille et une Nuits*, flotter dans le monde enchanté des rêves, pénétrer dans les grottes d'opale de ces tritons et de ces sirènes dont il célébrait les amours. Ici une ode s'ouvrait magnifiquement :

> The poet in a golden clime was born.
> With golden stars above.

Un peu plus loin, une imitation des plaintes du hibou; des pensées philosophiques, et, à côté, de fantastiques ballades. Une de ces ballades, celle de *Mariana*, est restée célèbre; l'auteur prenait pour motif une phrase de Shakspeare, dans *Measure for Measure*, et il décrivait l'abandon, l'attente, la désolation du cœur et la ruine du manoir, avec une foule de détails d'autant plus poignants qu'ils étaient plus familiers, et en ramenant à la fin de chaque strophe

le cri de fatigue et de désespoir. La langue anglaise ne possédait rien d'aussi bizarrement puissant.

Il risqua d'arriver à Tennyson ce qui est arrivé
chez nous à Alfred de Musset. Le poëte des *Nuits*
avait déjà chanté depuis longtemps ses immortelles
tristesses, que le public ne voyait encore en lui que
l'auteur des juvéniles fantaisies, de l'Ode à la Lune ou
de la chanson sur la Marqueza d'Amaëgui. La renommée de Tennyson, elle aussi, a eu à se débrouiller
de ses Claribel et de ses Ondines. Un second recueil,
heureusement pour lui, succéda rapidement au premier, renfermant de ces poésies que j'appellerais dé-
cisives, non plus des promesses seulement, mais des
œuvres. Quelques morceaux, à la vérité, rappelaient
encore les premiers. Eléonore et Marguerite avaient
remplacé Lilian et Adeline; *Mariana* avait une
suite qui ne valait pas le commencement. Mais à
côté de ces pièces un peu faibles, on en lisait qui an-
nonçaient un génie non soupçonné jusque-là, simple,
vigoureux, splendide : la *Fille du Meunier*, une
charmante églogue; l'admirable monodie d'*Œnone*;
la savante étude des *Lotophages*; les strophes sur la
liberté qui commencent ainsi :

> La liberté jadis s'assit sur les montagnes,
> La foudre expirait à ses pieds.

et bien d'autres encore; le volume n'avait que cent

soixante pages et comptait dix chefs-d'œuvre. Tennyson avait tout à coup donné sa mesure : à vingt-deux ans, il se trouvait rangé parmi les poëtes, les vrais, les grands.

Non pas, cela va sans dire, sans opposition ; la critique elle-même et le dénigrement ne font-ils pas partie intégrante d'une réputation qui s'établit ? Une renommée nouvelle peut-elle se fonder sans déplacer d'anciennes admirations, et, par suite, sans provoquer des impatiences, des colères ? Les opinions toutes faites, les écoles tout établies ne sont-elles pas là pour protester ? Tennyson prêtait d'ailleurs le flanc à la critique par le maniérisme et les affectations de ses premiers ouvrages. La *Revue trimestrielle (Quarterly Review)* surtout fut brutale ; on attribuait à ses rigueurs la mort d'un précoce et charmant poëte, Keats ; il semblait que le journal meurtrier eût voulu se donner l'honneur de faire une seconde victime. Rien de plus méprisant que l'article du *Quarterly* sur Tennyson ; de lourds sarcasmes ; pas un mot d'adoucissement : un triste spécimen de la critique telle qu'elle s'exerçait il y a quarante ans.

Tennyson ne paraît s'être ni ému de la mauvaise grâce de ses censeurs, ni complu outre mesure dans l'encens que lui brûlait sous le nez une coterie de zélateurs. Chose remarquable, au lieu de s'irriter il se corrigea ; il chercha à profiter des critiques, et donnant dès lors une preuve de l'énergie de volonté avec laquelle il a toujours été se modifiant et se perfectionnant, il soumit ses poëmes à une révision rigoureuse. Pendant dix ans on n'entendit plus parler de lui : à tout ce bruit qui avait salué ses débuts, succéda un silence qui menaçait de devenir de l'oubli, lorsqu'en 1842 parut un nouveau recueil, deux volumes dont le premier reproduisait un choix des anciens morceaux, tandis que l'autre était complétement inédit. L'auteur n'avait pas seulement laissé de côté un grand nombre de ses premières poésies, il avait abrégé, changé, retravaillé celles qu'il conservait. Quant aux pièces que le public allait lire pour la première fois, quelques-unes surpassaient tout ce que l'auteur avait écrit jusque-là, et plusieurs ont pris place dans le patrimoine poétique de la nation. *Morte d'Arthur* donnait un premier gage de l'épopée que le poëte vient de terminer aujourd'hui ; la *Fille du Jardinier*, *Dora*, le *Chêne qui parle* offraient les plus gracieuses idylles ; des morceaux comme *Ulysse* et *Saint Siméon Stylite* montraient avec quelle puissance Tennyson savait analyser une situation morale, tandis que *Locksley Hall*, l'*Adieu* que tout Anglais sait par cœur, l'adresse à la mer, *Break, break, break,* prouvaient qu'il savait donner un langage à l'amour blessé aussi bien qu'à la tendresse mélancolique.

Tout en ajoutant, de temps à autre, à la collection de ses poésies mêlées bien des morceaux capables de tenir leur rang à côté de leurs aînés, Tennyson, depuis 1842, s'est essayé à des ouvrages de plus longue haleine. Trois poëmes surtout ont mis le sceau à sa réputation par leur diversité non moins que par leur excellence : la *Princesse*, publiée en 1847, *In Memoriam*, en 1850, et enfin, en 1859, le premier volume de ce poëme d'*Arthur* qui vient d'être complété. Aussi différents que possible l'un de l'autre, ces trois ouvrages répondent d'ailleurs à trois genres dans lesquels l'auteur avait déjà fait ses preuves. Si nous laissons de côté quelques ballades et quelques morceaux d'un comique parfois un peu lourd, toutes les poésies de Tennyson sont ou lyriques et élégiaques comme *In Memoriam*, ou idylliques comme la *Princesse*, ou épiques comme le *Roi Arthur*.

La *Princesse* est un des ouvrages les plus charmants et les plus originaux de Tennyson. Je ne trouve rien à y comparer en aucune langue. L'auteur y a mis quelque chose de presque tous les genres qu'il a essayés, scènes familières de la vie anglaise, fine satire et pathétique profond, théories philosophiques et fantaisies romanesques, récits faciles et chants délicieux. C'est un nouveau Décaméron : jeunes hommes et jeunes filles sont assis au milieu des ruines d'une abbaye, dans le parc de sir Walter Vivian; on cause, on joue, on se met à improviser un conte : quand l'un s'interrompt, l'autre reprend le fil, puis le passe à un autre; ainsi se poursuit au hasard l'histoire galante et chevaleresque, avec ses fils et ses filles de roi, ses aventures moitié burlesques, moitié tragiques, les coups d'épée et les nobles amours. Tout cela placé dans un monde à la fois réel et fantastique; tout cela plein d'anachronismes piquants, exhalant je ne sais quel parfum de Renaissance. C'est gai, c'est étrange, c'est tour à tour amusant, sensé et absurde : la plus gracieuse des extravagances.

S'il y a du poëme épique dans l'idylle de la *Princesse,* il y a de l'idylle aussi dans l'épopée d'*Arthur.* Au fond, héroïques ou domestiques, Tennyson a conçu les sujets de ses divers récits de la même manière. Tennyson manque évidemment de la fibre dramatique; je veux dire que les événements ne se présentent pas à lui sous la forme d'un conflit de motifs et de passions, comme une mêlée d'acteurs qui se croisent et s'entre-choquent sur la scène du monde. Il se place en présence d'un caractère ou d'une situation, et il les laisse se dérouler devant lui en vertu de la logique secrète des sentiments ou de l'enchaînement naturel des circonstances: Le personnage est un, la situation est simple; seulement ils se

transforment en marchant, se déploient en se trans-
formant. L'intérêt reste concentré sur un point.
Voilà ce que j'appelle la conception épique. Ceci ne
suffit pas, au reste, pour rendre entièrement compte
des poëmes de Tennyson qui nous occupent en ce
moment, et que j'appellerais volontiers objectifs ou
historiques, par opposition aux morceaux lyriques
ou élégiaques; il faut ajouter que notre poëte n'est
pas proprement créateur. Il n'invente pas ses sujets;
il les emprunte au premier venu, à l'antiquité ou au
moyen âge, à un conte de fée, à une tradition popu-
laire; puis, le motif trouvé, il l'analyse, il le creuse,
il le poursuit à travers une multitude de variations,
il y réveille toutes sortes de motifs nouveaux, il le
transporte dans toutes sortes d'associations impré-
vues, il en tire toutes sortes de ressources étranges,
et, découvrant ainsi les aspects, multipliant les
traits, évoquant les détails, il finit par donner à
l'image qu'il peint, à l'émotion qu'il chante, un
relief extraordinaire et une intensité poignante.
Ulysse, les *Lotophages*, *Siméon Stylite*, et, dans le
poëme d'*Arthur*, la séparation entre le roi et Genièvre, sont de merveilleux exemples de la manière dont Tennyson sait *fouiller* une situation morale.

Il y a une certaine ressemblance entre Tennyson
et Gœthe dans cette prédilection pour des sujets don-

nés, qu'il ne s'agit plus que de rajeunir et de vivifier. Ils aiment tous les deux cette étude, dirai-je, ou ce jeu. Fils d'une époque de science et de réflexion, ils cherchent à ressaisir le charme d'une naïveté qui leur échappe, en reproduisant les idées et le langage des siècles naïfs. L'usage favori de la poésie, pour l'un comme pour l'autre, est de renouveler à force d'art les vieux modèles et les belles traditions. Ils se complaisent tous les deux dans une sorte de pastiche raffiné et sublime. Il suffit, en ce qui concerne Gœthe, de rappeler Alexis et Dora, Hermann et Dorothée, Reineke, Iphigénie, les Elégies romaines, toutes les ballades. Tennyson ne prend pas moins plaisir à ce genre d'imitation; c'est, pour lui aussi, comme la forme nécessaire de son talent, un moule dans lequel il a besoin de verser sa pensée, le canevas sur lequel il aime à broder les arabesques que lui fournit sa fantaisie. Seulement, il y a cette différence entre les deux grands artistes, que Gœthe s'attache plus sincèrement et plus impartialement à reproduire l'esprit des temps passés : il cherche davantage à rendre toute cette mythologie grecque ou gothique dans son individualité; il y met aussi peu que possible du sien. Tennyson, au contraire, moins soucieux de l'exactitude historique, n'emprunte à la fable qu'un thème, thème dans lequel il se transporte avec tous ses sentiments d'homme moderne, qu'il s'approprie, qu'il accommode, qu'il modernise. Son *Stylite* n'est pas le fanatique abruti par de volontaires tortures, mais une conscience calviniste qui se creuse et s'analyse. Son roi *Arthur* est plein de noblesse, de haute et chevaleresque morale : mais, juste ciel ! que nous sommes loin, avec Tennyson, des naïfs récits qui perdirent Francesca, des amours d'une Yseult et d'une Genièvre !

Quelque ingénieux et charmant que se soit montré l'auteur de la *Princesse*, quelque puissant et vigoureux qu'il ait paru dans son poëme épique, c'est comme lyrique cependant que Tennyson a surtout marqué, c'est par le volume intitulé *In Memoriam* qu'il s'est surtout emparé des pensées et des cœurs de sa génération.

In Memoriam est une collection d'élégies consacrées à la mémoire d'Arthur Hallam. Jamais amitié, on peut le dire, n'a élevé un pareil monument au souvenir d'un être transfiguré par l'éternelle séparation. J'ai déjà dit qui était Arthur, et quel lien l'unissait à notre poëte. Il mourut à Vienne en 1833, avant d'avoir atteint l'âge de vingt-trois ans. On peut se représenter de quel coup cette nouvelle frappa Tennyson, qui, un peu plus âgé, semble pourtant avoir considéré le jeune Hallam comme un être d'un ordre supérieur, comme un modèle et un guide. Sa douleur fut d'abord du désespoir, mais ce désespoir ne tarda pas à s'épancher en vers. Par moments, le poëte se reproche presque d'exprimer des sentiments si profonds que la parole humaine risque de les défigurer en leur prêtant un langage. Mais non, ses regrets passionnés ont besoin de s'exhaler. Il les exhale donc : il se nourrit de tous les souvenirs ; il ne veut entendre parler d'aucune consolation. Les restes inanimés d'Arthur vont être ramenés en Angleterre, et voilà le poëte qui suit le vaisseau funèbre dans sa marche, qui vole au-devant de lui en esprit. Il arrive, enfin, ce messager de deuil : ah ! c'est alors, quand le tombeau en se refermant semble avoir consommé la séparation, c'est alors que l'âme, restée seule sur la terre, cherche fiévreusement à sonder ce que renferme le grand mystère de la mort. On répète le mot, on en presse le sens, on se demande si l'on a bien compris. Mais quoi, les jours se suivent, et le temps exerce cette irrésistible action dont on ne peut dire si elle est plus cruelle ou plus bienfaisante. La vie reprend son cours. La place de l'absent n'est plus vide que pour ceux dont le cœur est resté fidèle. Voici Noël, avec ses cloches et ses réjouissances, puis la fin de l'année, puis le doux printemps : le désespoir a beau faire, peu à peu il se calme, devient grave tristesse, simple communion spirituelle avec l'ami absent. Que de questions ne voudrais-je pas lui adresser ! Qu'est-il devenu ? Me voit-il ? m'entend-

il ? A-t-il pris place parmi des êtres supérieurs ?
Nous retrouverons-nous ? et quand nous nous re-
trouverons, n'aura-t-il pas sur moi l'avance d'un long
développement moral ? Mais quoi, cette immortalité
même que mon cœur réclame n'est-elle pas un rêve ?
Tout dans la nature ne la dément-elle pas ? O doute !
ô tristesse ! moments où le poëte désolé se jette à
genoux, embrassant l'autel des dieux immortels,
poussant un cri d'angoisse vers les vastes cieux, se
refusant à croire que rien de ce qui a vraiment vécu
puisse vraiment mourir !

Mille incidents diversifient le thème. Tennyson
retourne à Cambridge, où il retrouve les souvenirs
d'une vie académique jadis embellie par l'amitié ; ou
bien, il quitte la maison qu'il a habitée dans des
temps plus heureux, et tout le passé se retrace alors
à son esprit. Tantôt il essaye en vain de se rappeler
distinctement les traits de son ami, tantôt il le serre
en rêve dans ses bras. Il est résigné ; il a vaincu :
s'il doute encore, c'est d'un doute plein de foi, d'une
foi plus haute, et où toutes les contradictions s'har-
monisent, parce qu'elle n'est que la foi à la raison
dernière des choses. De quelque manière que ce
soit, Arthur n'est-il pas d'ailleurs là comme l'ange
gardien ?

« Sois près de moi quand la lumière baisse, quand
« le sang se ralentit, quand les nerfs crient, quand

« le cœur me manque, quand tous les rouages de la
« vie s'arrêtent.

« Sois près de moi quand mon corps est torturé
« de douleurs contre lesquelles la résignation ne
« peut rien; quand le monde semble un insensé qui
« lance la poussière autour de lui, et la vie une furie
« qui jette des flammes.

« Sois près de moi à l'heure du départ... »

Les morceaux dont se compose *In Memoriam* ont
été écrits à bâtons rompus, dans l'espace de plusieurs
années. Le dernier est adressé à la sœur de Tennyson, qui avait dû épouser Arthur Hallam, et qui
s'est mariée en 1842 ; le poëte, à cette occasion, dé-
pose en quelque sorte ses habits de deuil, il ne se
fait plus scrupule d'associer des pensées de joie aux
douloureux souvenirs. Le tout est précédé d'une
magnifique invocation au « puissant fils de Dieu,
amour immortel, » qui est datée de 1849. J'ai déjà
dit que le volume avait été publié en 1850. L'effet
en fut extraordinaire. On n'avait pas attendu de
Tennyson quelque chose d'aussi fort, d'aussi pure-
ment original, d'aussi différent de lui-même. Les
difficultés que présentait la lecture du nouveau poëme
en augmentaient l'attrait pour les admirateurs atten-
tifs. Car *In Memoriam* a ses obscurités, je ne puis
le cacher, et je ne l'ouvre guère sans penser à Gray,
cet autre poëte anglais, dont quelqu'un disait qu'a-

près avoir lu sept ou huit fois ses *Odes*, il n'aurait plus qu'une trentaine de questions à faire à l'auteur, s'il avait le plaisir de le rencontrer. *In Memoriam*, enfin, avait la séduction de la hardiesse. On n'était pas habitué alors, en Angleterre, à cette manière de traiter les problèmes religieux, directement, sans appel aux textes, avec les seules ressources du sentiment et de la pensée : on avait là, tour à tour ingénieuse et élevée, subtile et magnifique, on avait en vers harmonieux une nouvelle sorte de théodicée et comme un Phédon moderne. Il est vrai que la pensée, depuis vingt ans, a continué de marcher, que nos voisins eux-mêmes sont devenus plus téméraires, et que Tennyson, par suite, se trouve un peu dépassé. Aussi n'est-il pas rare aujourd'hui d'entendre la critique lui reprocher un manque de profondeur spéculative. On se pique de préférer Browning et ses énigmes laborieuses. A la bonne heure : n'oublions pas seulement que la poésie et la philosophie sont deux choses distinctes, et que si l'une n'exclut pas absolument l'autre, la poésie pourtant ne peut tenir en solution qu'une certaine quantité, et j'ajouterais volontiers qu'une certaine qualité de philosophie.

Il est deux poëmes de Tennyson dont je n'ai pas encore parlé, *Maud* et *Enoch Arden*. Le premier renferme quelques vers exquis, mais ce n'est en définitive qu'une rapsodie assez obscure et farouche, avec des déclamations sur la guerre et la société. *Enoch Arden*, publié en 1864, avec d'autres poésies, est, au contraire, l'un des ouvrages les plus attrayants de l'auteur, et je n'ai pas appris sans un véritable plaisir qu'une traduction allait le faire connaître aux lecteurs français. Il était difficile de mieux choisir entre les œuvres du poëte. Tennyson est tout entier dans cette grande idylle, il est là avec son sentiment exquis des beautés de la nature, avec son art de raconter les événements les plus simples, avec son pathétique pénétrant. Quant à la traduction qu'on va lire, je n'ose en faire l'éloge comme je voudrais, mais je puis bien dire qu'elle réunit, dans une mesure peu commune, la fidélité au texte et le parfum d'un poëme original.

ED. SCHERER.

TENNYSON

ENOCH ARDEN.

Basse, entre deux parois de la falaise haute
Qui borde l'Océan, se creuse dans la côte
Une grève de sable. Un quai marque d'abord
Sa limite à la plage, et les maisons du port
S'entassent sur la pente autour d'un clocher sombre,
Surgissant du milieu des toits rouges sans nombre.
Une rue escarpée aboutit à la tour
D'un moulin élevant ses ailes sur le bourg.
Au delà du moulin commence la prairie,
Montant haut dans le ciel, grise et qui se replie,
Dans ce repli cachant un bois de noisetiers ;
Les enfants de la ville en savent les sentiers.

Trois enfants de ce port étaient inséparables ;
— Un siècle depuis lors a glissé sur ces sables,
Et sur d'autres enfants, mais sur les mêmes jeux. —

Fils du riche meunier, Philippe était l'un d'eux ;

Annie était le nom d'une fillette blonde,

La plus jolie enfant de bien loin à la ronde,

La seconde des trois ; quant au dernier, son nom

Etait Enoch Arden ; un inculte garçon,

Le fils d'un matelot perdu dans un naufrage.

Et ces trois se tenaient ensemble sur la plage,

Terrain vague où le pied fait rouler des débris

De câbles par la vague et le soleil durcis,

Et se heurte aux sommets des ancres enterrées,

Par la rouille rongeante à demi dévorées,

Et laissant tristement pendre leurs lourds anneaux,

Que tendait autrefois la chaîne des vaisseaux.

C'est sur la grève aussi que les barques pesantes

Se traînent hors des flots, sur leurs flancs noirs gisantes,

Et que les filets bruns encore ruisselants

Sont étendus. Avec le sable les enfants

Bâtissaient des châteaux qu'abattait la marée ;

Ils la regardaient faire, et la mer retirée

Laissait un sable lisse où les pas effacés

Etaient par d'autres pas chaque jour remplacés.

Un autre jeu, c'était, sous une roche creuse,

De faire une maison étroite et tortueuse,

Où chacun des garçons, lorsque venait son tour,

Etait maître chez lui durant tout un grand jour :

Et toujours la fillette était la ménagère.

Il arrivait qu'Enoch de son règne éphémère

Prolongeait la durée, et cette iniquité

Durait une semaine en dépit du traité.

Philippe réclamait : « C'est moi qui suis le maître,

Tu l'as été longtemps, c'est à mon tour de l'être,

C'est la justice ainsi. » La querelle souvent

S'envenimait ; Enoch, sa force le servant,

Demeurait le vainqueur, et des larmes de rage

Inondaient lentement, grosses gouttes d'orage,

Les yeux bleus de Philippe ; il criait : « Je te hais ! »

Annie en pleurs cherchait à ramener la paix ;

A travers ses sanglots : « Je serai, disait-elle,

Votre petite femme à tous deux, sans querelle. »

Mais lorsque, plus ardent sur leurs fronts à tous deux,

Le soleil de la vie, en montant dans les cieux,

Eut de leur fraîche enfance essuyé la rosée,

3

Quand leur âme à l'amour fut d'abord exposée,
Un même amour les prit; Enoch osa laisser
L'aveu de son amour sur ses lèvres passer;
Philippe, lui, se tut. C'est pour lui seul qu'Annie
Cessant d'être une enfant resta la même amie;
Confuse auprès d'Enoch, Annie ingénument
Laissait voir que l'ami devenait un amant.
Alors Enoch voulut sortir de sa misère,
Et l'âpre volonté, qui sent qu'elle peut faire
Tout, s'empara de lui : ne pas se résigner,
Mais par tous les moyens épargner et gagner,
Acheter une barque; ensuite, dans la ville,
Une maison! Enoch devint le plus habile
Des pêcheurs de la côte, aussi le plus heureux,
Osant seul pratiquer les récifs dangereux
Où le poisson abonde. Un an d'apprentissage
A bord d'un bâtiment le fit de l'équipage
Le meilleur matelot : trois fois il arriva
Qu'un homme se noyait et qu'Enoch le sauva.
Déjà son nom, au loin sur ces côtes houleuses,
Se répétait, suivi de paroles flatteuses,
Parmi les bons marins. Son vingt-unième mai

Ne s'était point passé, que l'œuvre qu'il tramait,
Son rêve d'avenir, naissait à la lumière
Tel qu'il l'avait rêvé : la barque la première,
Puis la maison, un nid, bâtie à mi-chemin
De la rue escarpée amenant au moulin.

L'automne sur les bois étalait sa dorure,
Et dans la coque d'or la noisette était mûre.
Au déclin d'un beau jour, fillettes et garçons,
Le panier sous le bras et chantant des chansons,
Montèrent vers le bois. Au chevet de son père
Philippe retenu, tardif et solitaire,
Partit pour les rejoindre. Il montait; quand il vint
Aux premiers noisetiers, sur le bord du ravin,
Philippe vit Enoch assis auprès d'Annie.
Ils se tenaient la main, et la face brunie
Par la mer, et les grands yeux fauves du marin,
S'illuminaient d'un feu solennel et serein.
Un instant s'écoula; puis Annie inclinée
Vers Enoch, et vers lui tendrement amenée,
Se blottissant enfin entre ses bras, offrit
Son front à ses baisers... et Philippe comprit!

De sa bouche sortit une sorte de plainte ;

Puis, sous l'épais taillis, comme une bête atteinte,

Et n'ayant de souci que d'échapper au jour,

Il se traîna ; c'est là qu'il souffrit ; tout autour,

Des voix pleines de vie et de jeune espérance

Retentissaient ; le bois, par degrés, fit silence ;

Quand Philippe en sortit, il brûlait désormais

De cette soif du cœur qui ne s'éteint jamais.

Pour les époux l'église ouvrit son noir portique,

La cloche s'agita dans le clocher gothique,

Et sa bouche, qu'ouvrait largement le sonneur,

Laissa prendre leur vol à sept ans de bonheur.

Oui ! sept ans de bonheur, de travail, de tendresse,

Et de nobles espoirs qui tenaient leur promesse !

Une fille était née, et son vagissement

Avait au cœur d'Enoch inspiré le serment

De gagner, d'épargner, pour contenter l'envie

De la mettre plus haut que lui-même et qu'Annie.

Un fils rendit plus âpre encore son ardeur ;

Voulant doubler le gain, il doubla le labeur.

Il devançait le jour sur la mer sombre encore,

Sa voile se dorait sous les feux de l'aurore,

Et l'heure était tardive et le jour achevé

Quand Annie entendait son pas sur le pavé,

Et courait embrasser ce cher visage rude

Mille fois apparu durant sa solitude.

Le cheval blanc d'Enoch et ses paniers de jonc,

A l'odeur d'océan, où brillait le poisson,

Et par mille ouragans sa face labourée,

Etaient connus au loin dans toute la contrée.

Car le poisson d'Enoch, sur son cheval huché,

N'avait pas des chalands seulement au marché;

Le pêcheur s'en allait au delà des collines,

Par les chemins ombreux et bordés d'églantines;

Ses yeux lassés des flots, erraient sur le gazon,

Et le large portail surmonté d'un lion

Laissait, le vendredi, de semaine en semaine,

Entrer dans le manoir une pêche certaine.

Un changement survint : quelques milles au nord

De la petite ville il s'ouvrit un grand port :

Enoch y conduisait sa barque à voile rousse

Souvent : et, dans ce port, un jour une secousse

3.

Le fit tomber d'un mât : relevé, le pêcheur

Resta paralysé sur un lit de douleur,

Loin des siens : près de lui ne put venir Annie,

Car ce fut dans les jours de cette maladie

Que naquit son troisième enfant, enfant chétif :

Et durant ces longs jours qu'Enoch fut inactif,

Une autre barque entra dans son commerce, en sorte,

Bien que son âme fût religieuse et forte,

Qu'Enoch, pour un moment, cessa d'avoir la foi

Qui fait que l'on espère et que l'on croit en soi.

Il était comme ceux qu'un rêve horrible oppresse.

Les enfants des nu-pieds ! Annie, une pauvresse !

Alors du fond du cœur il pria, s'écriant :

« O mon Dieu ! sauve-les en me sacrifiant ! »

Et pendant qu'il priait, le maître du navire

Qu'Enoch avait servi, survint, lui voulant dire

Qu'il partait pour la Chine, et que personne encor

Ne s'était engagé contre-maître à son bord ;

Et connaissant Enoch, sachant son infortune,

Et cette offre au pêcheur pouvant être opportune,

Qu'il la lui venait faire ; au reste, le départ

Ne devait avoir lieu que plus d'un mois plus tard.

Enoch n'hésita pas ; son âme était légère,
Elle sentait déjà s'exaucer sa prière.

Le beau ciel bleu d'Enoch reprenait sa couleur :
Ce n'était qu'un nuage, une ombre de malheur,
Disparaissant déjà ; mais durant le voyage,
Annie et les enfants ? Il pensa : « Le plus sage
Est de vendre la barque. » Il l'aimait cependant ;
Il vendrait sa meilleure amie en la vendant ;
Lui seul la connaissait, cette barque vivante,
Il l'avait tant de fois, sur la vague mouvante,
Sentie en se cabrant obéir à sa main
Comme un fougueux cheval obéit à son frein.
Il pensa néanmoins : « La vendre est raisonnable ;
J'en accroîtrai le prix et le rendrai durable
En ouvrant pour Annie un petit magasin
Tel qu'il faut l'établir dans un endroit marin.
Moi-même, je pourrai trafiquer pour mon compte ;
Dans les pays lointains, la fortune est plus prompte ;
Je ne rachèterai ma barque de pêcheur
Qu'après m'être assuré contre un nouveau malheur ;

Les chers enfants sauront ce que c'est que l'aisance.

Tout cela moyennant un peu de patience! »

Ainsi rêvait Enoch, sur sa couche étendu.

Il revit sa maison, triste, mais résolu.

Quand il entra, la mère encor pâle, immobile,

Tenait sur ses genoux son nouveau-né débile;

Avec un cri de joie elle courut à lui,

Et posa dans ses bras l'enfant tout alangui.

Enoch le caressait, s'efforçant de sourire;

Il dit le lendemain ce qu'il avait à dire.

Depuis le jour qu'Annie avait, avec lenteur,

Mis à son doigt tremblant l'anneau d'or du pêcheur,

Pour la première fois, elle essaya de vaincre

La volonté d'Enoch; elle eut, pour le convaincre,

Non les pleurs et les cris d'un désespoir bruyant,

Mais les tendres raisons d'un amour suppliant.

Ne lui dirait-il pas : « Mon enfant, je renonce

A partir. » Un baiser appelait la réponse.

Il n'avait pas songé que pour elle, sans lui,

Les jours n'apporteraient que tristesse et qu'ennui.

Le malheur n'était rien, s'il restait auprès d'elle !
Même pauvres, leur vie était encor si belle !
Enoch fut inflexible ; il soutint, dans son cœur,
Plus d'un combat secret dont il sortit vainqueur ;
Il marcha jusqu'au bout, portant sans défaillance
La souffrance d'Annie et sa propre souffrance.

Donc les jours s'écoulaient, emportant avec eux
D'un long bonheur passé les restes précieux.
Par un pêcheur voisin la barque fut acquise,
Et la valeur en fut changée en marchandise.
La chambre sur la rue, il la fallut ouvrir,
Pauvre chambre chérie, aux chalands à venir.
Enoch, dans son travail guidé par sa tendresse,
Fit un réduit charmant, un chef-d'œuvre d'adresse ;
Mais le bruit pour Annie, écoutant sur le seuil,
Etait le bruit qu'on fait en clouant un cercueil.
Quand approcha le jour, il redoubla de zèle ;
Quand vint le dernier soir, il travaillait pour elle.
Il monta lentement les degrés d'un pas lourd,
Se jeta sur son lit et dormit jusqu'au jour.

Enoch ne faillit pas à sa tâche finale;

Le matin du départ vit son sourire mâle

Répondre au désespoir d'Annie, à ses terreurs,

Et sa lèvre essuyer, sans les tarir, ses pleurs;

Et quand vint le moment, vers Dieu son âme austère

Eleva sans effort les choses de la terre;

Il se soumit d'avance aux décrets infinis,

Et pria pour Annie et pour les chers petits.

Puis il dit : « Bon espoir, mon enfant; ce voyage

Sera, s'il plaît à Dieu, le secours du ménage;

Garde dans ton foyer, garde, jour après jour,

Un feu réjouissant pour fêter mon retour. »

Il se tut, et sa main, laissant voir sa pensée,

S'était vers le berceau de l'enfant avancée.

Il le fit balancer en silence un moment :

« Ce chéri, ce chétif, je l'aime doublement,

Reprit-il; que de fois ses petites oreilles

M'écouteront parler des lointaines merveilles

Que je raconterai quand, revenu vers vous,

Je prendrai, chaque soir, l'enfant sur mes genoux!

Allons, Annie, allons! tu reprends, je le gage,

Au moment où je pars, espérance et courage! »

Quand il parlait d'espoir et d'avenir ainsi,

Elle s'imaginait qu'elle espérait aussi;

Mais quand le matelot, d'une voix grave et lente,

Parlant d'obéissance et de paix consolante,

Et d'humble confiance aux volontés de Dieu,

Dans son pieux discours se complaisait un peu,

Elle n'entendait plus, en entendant encore.

Telle la jeune fille, auprès de l'eau sonore

Qui tombe dans sa cruche, entend et n'entend pas,

Se souvient de l'absent dont le robuste bras

L'aidait à porter l'eau puisée à la fontaine...

Et la cruche de grès depuis longtemps est pleine.

Comme sortant d'un songe, elle dit tout à coup :

« Mon Enoch, tu le sais, je crois en toi beaucoup,

Et tout ce que tu dis, je le trouve très-sage,

Mais mes yeux ne verront jamais plus ton visage. »

« Ne plus voir mon visage! » Enoch reprit : « Eh bien,

Du moins mes yeux, à moi, verront encor le tien !

Le vaisseau passera le long de cette côte

Tel jour; — il le nomma — ce sera de ta faute

Si, d'une longue vue aidant tes grands yeux bleus,

Tu ne fais pas mentir les présages fiévreux. »

Mais le temps amenait, dans sa marche fatale,

Du dernier des instants la minute finale.

« Songe aux enfants, dit-il; ils n'auront plus que toi.

Rends-les obéissants et parle-leur de moi.

De l'ordre à la maison; que cela te soutienne

De penser que ta main vient en aide à la mienne.

Allons, courage, Annie! il faut nous dire adieu;

Quoi qu'il arrive, espoir et confiance en Dieu!

La confiance en Dieu, c'est notre ancre suprême;

En quelque lieu qu'on aille, Il est toujours le même.

La terre est son ouvrage, et c'est Lui qui permet

A l'Océan ses flots et Lui qui les soumet. »

Alors il se leva, d'une étreinte très-forte

Il serra dans ses bras Annie à demi morte,

Ensuite les enfants, du moins les deux aînés,

Qui regardaient Enoch, pâles et consternés.

Le malade dormait agité par la fièvre :

« Ne le réveillons pas, » dit Enoch, et sa lèvre

Se posa doucement sur un front sans fraîcheur.

Annie alors coupa des cheveux au dormeur;

Enoch prit avec lui cette boucle dorée,

— Leur voyage à tous deux fut de longue durée —

Sur son épaule il mit son sac et son bâton,
Dit adieu de la main et quitta sa maison.

Le jour que le vaisseau, sous ses voiles gonflées,
Apparut, côtoyant les falaises pelées,
Annie était debout, sa lunette à la main,
Sur le haut d'un rocher, regardant, mais en vain;
Peut-être en cet instant fut-elle trop émue,
Peut-être que des pleurs obscurcissaient sa vue :
Elle laissa passer Enoch la saluant
Sans le voir; le navire alla diminuant,
Et ce fut seulement quand, par degrés bleuie,
La voile à l'horizon se fut évanouie,
Que le regard d'Annie abandonna la mer,
Ainsi qu'on abandonne un cercueil recouvert.

Elle n'espérait pas le revoir sur la terre;
Son seul espoir pourtant fut encor de lui plaire.
Sa volonté lutta contre l'abattement;
Dans sa nouvelle vie, elle entra tristement,
Et sans y réussir, car d'Annie, entre mille,
On eût le moins pu faire une marchande habile :

Ne sachant pas mentir, elle ne pouvait pas

Commencer par surfaire et puis vendre plus bas;

Ne sachant pas non plus ne pas être timide,

Elle laissait partir l'acheteur la main vide;

Dans les jours de détresse, enfin, elle vendait

A n'importe quel prix, si bien qu'elle y perdait.

« Enoch, que dirait-il? » pensait-elle sans cesse,

Honteuse et se blâmant de sa propre faiblesse.

C'est ainsi, jour à jour, que le temps s'écoula,

Et qu'un peu de courage et d'espoir s'en alla.

Annie et ses enfants côtoyaient la misère;

L'avenir était sombre et le présent précaire.

Le malade, l'enfant, ne devint pas plus fort;

On voyait que, pour lui, vivre était un effort.

Les soins minutieux que la tendresse invente,

Il les reçut; Annie, il est vrai, pour la vente,

Du berceau du malade avait à s'absenter;

Il est vrai que l'argent manquait pour consulter

Celui dont la science aurait connu peut-être

Le remède à donner à l'enfant pour renaître.

L'âme innocente, un jour, s'envola du berceau :

Trouvant sa cage ouverte, ainsi s'enfuit l'oiseau.

Philippe, cependant, à son amour fidèle,

Etait toujours hanté par l'image de celle

Qui bien innocemment avait brisé son cœur.

Il pensa qu'il pourrait soulager le malheur

De la femme d'Enoch. Il se fit un reproche

De l'avoir délaissée, étant voisin si proche,

Car il avait, depuis qu'Enoch était parti,

Evité de la voir. Il prit donc le parti

De visiter Annie, après qu'une semaine

De la mère eut rendu moins saignante la peine.

La chambre sur la rue était déserte; au fond,

Contre la porte, un coup d'abord, puis un second,

Puis un troisième enfin, fut frappé sans réponse,

Et Philippe hésitant, après sa triple annonce,

Ouvrit timidement; Annie en deuil pleurait,

Et ne regardait pas quelle personne entrait.

Elle continua la plainte monotone

Que l'on fait à voix basse, alors qu'on abandonne,

Pour avoir trop souffert, son âme a la torpeur.

« Je viens vous demander, Annie, une faveur, »

Dit Philippe parlant d'une voix étranglée.

« Une faveur à moi, si seule et désolée !

C'est pour la demander un étrange moment ! »

Ainsi lui répondit Annie amèrement.

Et Philippe, interdit, perdant sa hardiesse,

Hésitait à poursuivre ; à la fin la tendresse

Redevint la plus forte, auprès d'elle il s'assit,

Et, maître de son trouble, il poursuivit ainsi :

« C'est pour parler d'Enoch, votre mari, que j'ose

Venir vers vous, Annie, et, sur toute autre chose,

Afin de vous parler de son plus cher désir.

Je l'ai pensé souvent, vous avez su choisir

Le meilleur de nous deux, un cœur vaillant et ferme,

Un homme entreprenant, menant tout à bon terme.

Et pourquoi, je vous prie, est-il parti ? pourquoi

S'est-il mis à courir les mers ? Je le sais, moi !

Afin que ses enfants, plus heureux que leur père,

N'eussent pas une enfance en proie à la misère.

C'était là son désir, et, s'il revient, songez !

Les enfants qui déjà sont tout ensauvagés,

Et du matin au soir se tiennent vers la mer,

Songez que pour Enoch ce sera très-amer

De voir qu'ils ont perdu le matin de leur âge,

Et qu'il revient trop tard pour eux de son voyage.

Et même dans sa tombe, Annie, oh! songez-y!

Il ne faut pas qu'Enoch dorme avec ce souci.

C'est par amour pour lui, qu'il vive ou qu'il repose,

Que vous accepterez ce que je vous propose.

Je ne suis pas ici, je pense, un étranger;

Il ne s'agit, d'ailleurs, que d'un prêt passager;

Enoch, à son retour, si c'est votre pensée,

Me rendra promptement la somme dépensée;

Pour moi, cela n'est rien d'attendre, j'ai du bien.

J'ai dit que je demande une faveur : eh bien,

Mettons les deux enfants à l'école! » D'Annie,

Le front ne quitta pas la muraille blanchie.

En réponse, elle dit : « O Philippe, mes yeux

N'osent pas se lever et de moi sont honteux.

Que je dois vous sembler faible dans l'infortune!

Quand vous êtes entré, j'étais sans force aucune;

J'étais sous ma douleur écrasée, et voici

Que de votre bonté le poids m'écrase aussi.

Mais Enoch est vivant, je l'atteste, et suis sûre,

En faisant ce serment, de n'être point parjure.

Il vous rendra l'argent que vous m'aurez prêté;

Cela se rend, l'argent, mais non pas la bonté! »

Philippe demanda : « Vous me laisserez faire,
N'est-ce pas ? Dès demain, je fais le nécessaire. »
Annie, en se tournant, releva de grands yeux
Où nageait dans les pleurs un regard douloureux,
Et les fixa longtemps sur la figure amie
De Philippe où brillait sa tendresse infinie.
Puis elle se leva, lui dit : « Soyez béni ! »
Prit sa main dans ses mains, l'étreignit et sortit.

La fille et le garçon furent mis à l'école.
Philippe ne borna pas à cela son rôle
De protecteur ; il fit pour les enfants achat
De livres ; par degrés, il se les attacha,
Les surveillant, cherchant l'occasion sans cesse
De leur faire sentir sa virile tendresse.
Voulant des médisants éviter les propos,
Et d'Annie avant tout respecter le repos,
Dans la maison d'Enoch, Philippe se fit rare ;
D'un bonheur dangereux il sut rester avare.
Les deux enfants venaient égayer son jardin,
Et ne repartaient pas sans des fleurs à la main.
Chargés, chaque printemps, de la première rose,

Et, chaque fin d'été, de la dernière éclose,
Les petits messagers apportaient au logis,
Les plus suaves fleurs, les fruits les mieux mûris,
Et quelquefois aussi de la blanche farine,
Que nul autre moulin n'eût su moudre si fine,
Aucun autre moulin dans le pays entier,
Que le moulin ayant Philippe pour meunier.

Mais d'Annie à Philippe une réserve extrême
Laissait toujours entre eux la distance la même ;
Aussi froid qu'au début l'accueil au visiteur
N'en faisait pas prévoir, quelque jour, un meilleur,
Et de sa gratitude Annie embarrassée
Ne trouvait pas de mot qui servît sa pensée.
Les enfants, eux, s'étaient innocemment donnés ;
Vers l'astre de l'amour, leurs cœurs s'étaient tournés,
Comme les fleurs des champs, après un matin pâle,
Tournent vers le soleil leur humide pétale.
Du plus loin qu'ils voyaient Philippe, ils accouraient ;
Pour qu'il les embrassât, leurs fronts roses s'offraient ;
Leurs voix claires, vibrant d'allègre confiance,
De leurs chagrins d'enfants lui faisaient confidence ;

Puis deux petites mains saisissaient chaque bras,

Et les enfants, sautant de joie à chaque pas,

Emmenaient entre eux deux, comme un prisonnier, l'hom

Et le conduisaient droit au moulin, leur royaume.

C'est là qu'en frémissant la meule se tordait,

Dans la vanne en tremblant que le grain descendait,

Que les quatre grands bras tournaient avec mystère,

Et s'élevant si haut passaient si près de terre !

Comment n'auraient-ils pas, ces deux enfants, laissé

S'effacer dans leur cœur la lueur du passé ?

La figure d'Enoch, au fond de leur mémoire,

Se recouvrait déjà d'une teinte plus noire ;

Enoch ! c'était quelqu'un dont on ne sait pas bien

S'il s'éloigne, en marchant sur la route, ou s'il vient ;

C'était un incertain et sombre personnage ;

On ne distinguait pas nettement son visage,

Et quand on cherchait trop à le voir dans la nuit,

Philippe tout brillant paraissait devant lui.

Dix ans s'étaient passés sans qu'on eût ouï dire

Quelque chose du sort qu'avait eu le navire.

Le soleil descendait plus tôt vers l'horizon,
Des noisettes l'automne apportait la saison,
Quand, un jour, les enfants eurent si grande envie
De monter vers le bois des noisetiers, qu'Annie
Voulut les contenter. Les enfants, en chemin,
Crièrent à Philippe, au fond de son moulin :
« Venez aux noisetiers ! venez sur la colline ! »
Et le meunier sortit tout blanchi de farine
Du moulin où flottait une blanche vapeur,
Comme une abeille sort d'un calice de fleur.
Il refusa d'abord ; mais il eut à combattre :
Lui n'avait que deux mains et ses ennemis quatre ;
Et puis, il vit Annie attendant sur le pré.
Avec un rire, il dit : « Puisqu'il le faut, j'irai, »
Et prit avec Annie un chemin qui serpente,
Tandis que les enfants escaladaient la pente.

Mais quand elle eut gravi la moitié du coteau,
Et qu'à ses yeux le bois apparut de nouveau,
Et le bord du ravin couronné de feuillage,
Et les premiers buissons, et l'herbe plus sauvage,
Annie, en soupirant, dit à son compagnon :

« Je ne puis cheminer plus loin ! » Sur le gazon,

Elle s'assit, laissant pencher sa blonde tête.

Lui, goûtait à la voir une extase muette,

Tandis que les enfants, plongeant dans le vallon,

Poussaient des cris de joie en arrivant au fond.

D'autres cris répondaient ; la profonde feuillée

Par de petites mains était partout fouillée ;

Pour atteindre les fruits, partout de petits bras

Essayaient de courber la haute branche en bas ;

Et c'étaient des clameurs quand la longue baguette

S'échappait brusquement, emportant la noisette.

Philippe, cependant, par degrés plus rêveur,

Sentait un souvenir s'agiter dans son cœur.

Il voyait devant lui cette retraite obscure,

Où s'était répandu le sang de sa blessure ;

Ce qu'il avait souffert, en rampant dans ce bois,

Il croyait le souffrir une seconde fois ;

Une seconde fois, sous la ronce et le lierre,

Il se traînait, fuyant l'importune lumière,

Et là, silencieux, comme un fauve blessé,

Attendait que cette heure eût lentement passé.

A la fin, brusquement il releva la tête;
Le sombre souvenir quitta son front honnête.
« Annie, entendez-vous la fête ici dessous?
Quelle gaîté! » dit-il. Il reprit : « Etes-vous
Lasse? » car sans réponse il parlait — « lasse, Annie? »
Mais elle avait plié sous le poids de la vie,
Et dans ses mains son front s'affaissait de langueur.
Ce que voyant, Philippe, avec un peu d'aigreur,
Reprit : « Il s'est perdu, s'est perdu le navire!
Cette douleur constante, il faut vous l'interdire,
Si vous ne voulez pas vous tuer de regret,
Et rendre vos enfants orphelins tout à fait!
— Vraiment, je ne songeais pas à cela, dit-elle;
Mais ces cris de gaîté me rendaient plus cruelle
Ma solitude! » Alors, lui parlant de plus près :
« Je ne saurais, Annie, oh non! je ne saurais,
Dit Philippe, cacher plus longtemps ma pensée;
Elle s'est au silence assez longtemps forcée;
Je ne peux plus me taire. En vain, il le faudrait,
Je sens que ce moment m'arrache mon secret.
Annie, écoutez-moi : la plus faible espérance
A cessé maintenant, que celui dont l'absence

Dure depuis dix ans puisse encor revenir.

Croyez-vous que dix ans puissent se démentir ?

Eh bien ! je ne puis rien pour vous venir en aide,

Comme le permettrait le bien que je possède.

Et, laissez-moi tout dire : il existe un moyen

De faire que mon bien devienne votre bien.

Oui, vous me comprenez ; sans le plus léger blâme,

Vous pouvez consentir à devenir ma femme.

S'il se trouvait vraiment un obstacle entre nous,

Je serais le premier à m'éloigner de vous.

Ne paraissons-nous pas ramenés l'un vers l'autre ?

Mon enfance a-t-elle eu d'autres jeux que la vôtre ?

Avez-vous oublié notre temps d'amitié ?

Ai-je rien fait depuis pour qu'il soit oublié ?

Ne sommes-nous pas seuls tous les deux sur la terre ?

Pour les enfants d'Enoch serais-je un mauvais père ?

Vous le voyez, Annie, il semble que le sort

Propose à votre vie, après l'orage, un port.

A l'abri des soucis qui vous ont poursuivie,

La séve du bonheur, que vous croyez tarie,

Reviendra par degrés échauffer votre cœur,

Et tout ce que Dieu donne à l'homme de bonheur,

Nous pouvons le goûter. Je n'ai rien qui m'attache ;

Vous et vos chers enfants serez toute ma tâche.

Enfin, si de donner du bonheur est aussi

Quelque chose pour vous, je vous dirai ceci :

Qu'à vous, vous seule, Annie, appartient tout mon être,

Et depuis plus longtemps que vous croyez, peut-être ! »

Elle parla, sa voix était tendre ; elle dit :

« C'est vers notre maison Dieu qui vous a conduit.

Oui, vous êtes venu comme vient un bon ange,

Et je voudrais que Dieu vous donnât en échange

De vos soins généreux, Philippe, un autre prix,

Un autre prix que moi, dont les jours sont flétris !

Vous méritez d'avoir pour compagne une femme

Qui se donne, Philippe, avec toute son âme !

Lorsque je le voudrais, le pourrais-je ? Je crois

Qu'on ne peut pas aimer profondément deux fois.

— Je ne demande pas, dit-il, beaucoup d'amour.

— Mais lui ! s'écria-t-elle, Enoch ! ô quel retour,

S'il revenait jamais !... Revenir, lui, chimère !

Je le sais. Cher Philippe, attendez ; ce n'est guère

Qu'une année ; attendez : dans un an vos projets

5

Me trouveront plus sage et le cœur plus en paix.

— Attendre ! reprit-il, la voix de pleurs remplie,

Je n'ai fait que cela durant toute ma vie.

— Mais non, dit-elle, attendre est un engagement ;

Ce que je veux de vous, c'est un an seulement.

Promettez-moi d'attendre en silence une année ! »

Philippe répondit : « Ma parole est donnée ! »

Tous les deux se taisaient. Du soir les bruits lointains

Par moments sur la brise arrivaient plus distincts,

Puis mouraient lentement. Déjà de la prairie

Un parfum de rosée et d'herbe rafraîchie

S'exhalait, et Philippe, en relevant les yeux,

Vit les feux du couchant s'éteignant dans les cieux.

Se levant aussitôt, par crainte pour Annie

Du frisson pénétrant de la brume épaissie,

Il s'approcha du bord du ravin, et sa voix

Appelant les enfants descendit dans le bois.

Ils vinrent apportant leur récolte abondante,

Et la troupe reprit la route descendante

Vers le port. Au moment qu'au seuil de sa maison

Philippe allait quitter Annie, il dit : « Pardon !

Pardon, j'ai profité d'un moment de faiblesse
Pour obtenir de vous, Annie, une promesse.
Moi je reste lié par un amour fervent ;
Vous êtes, vous, Annie, aussi libre qu'avant ! »
Mais elle répondit : « Je me suis engagée. »

Elle dit et voici qu'à peine replongée
Dans les soins journaliers qui nous font oublieux,
Comme Philippe était encor devant ses yeux
Au seuil de la maison ; comme à la tendre histoire
De Philippe elle avait encore peine à croire
Et ne s'était pas faite à ce nouveau souci,
L'automne fut chassé par l'automne, et voici
Que Philippe était là. « Philippe ! est-ce une année ? »
Dit-elle ; il répondit : « Si la feuille est fanée
Autour de la noisette, en pourrez-vous douter ?
Le bois saura le dire ; y voulez-vous monter ? »
Mais elle s'excusa, n'ayant d'autre pensée
Que de fuir le danger dont elle était pressée :
« Ce serait pour sa vie un si grand changement !
Son esprit ne pouvait s'y plier promptement ;
Bien des préparatifs restaient encore à faire,

Un mois au plus était le délai nécessaire;
Que Philippe revînt au plus tard dans un mois.
Elle saurait tenir son serment cette fois! »

Philippe répondit avec mélancolie :
« Vous aurez tout le temps que vous voulez, Annie.
Adieu. » Dans son regard brillait une lueur,
Etincelle du feu qui brûlait dans son cœur,
Qui le faisait mourir et qui le faisait vivre;
Et sa main qui tremblait lui donnait l'air d'être ivre.
Annie avait pitié. Néanmoins ce retard
Fut encore suivi d'un autre un mois plus tard,
Et d'un autre, et d'un autre, et sans raison plus forte,
Et la moitié d'un an s'écoula de la sorte.

Mais maintenant la ville avait les yeux sur eux.
Ils avaient donné prise aux médisants joyeux
Qui déjà commençaient, comme c'est l'habitude,
A tenir des propos pleins de sollicitude :
« Philippe méritait mieux, le pauvre garçon!
Il était éconduit d'une étrange façon!
— Philippe! Lui, le plaindre! Il lui plairait peut-être

D'attendre encor longtemps et de beaucoup promettre !
D'autres s'apitoyaient sur tous deux en disant :
« Ils ne savent donc pas ce qu'ils s'en vont faisant ! »
Et le plus lâche enfin des propos et le pire
Se laissait deviner dans le pli d'un sourire.
Sans que le fils d'Annie eût parlé, son désir
De son regard pensif semblait souvent jaillir ;
Et sa fille souvent, quand l'enfant et la mère
Avaient, le soir venu, dit la sainte prière,
Sur le cou maternel nouant ses jeunes bras,
Se soulevait vers elle et murmurait tout bas :
« Qu'il fallait épouser cher Philippe et le suivre,
Et dans le beau moulin qu'il ferait si bon vivre ! »
Et Philippe lui-même avait, de jour en jour,
Plus de peine à cacher qu'il se mourait d'amour.
Toute cette tristesse et cette calomnie
Etaient fatalement un remords pour Annie.

Il advint qu'une nuit d'insomnie, où ses yeux
Evoquaient du passé les fantômes fiévreux,
Elle sentit sa foi devenir plus profonde
Et pria, s'écriant : « N'est-il plus de ce monde,

Mon Enoch ? O mon Dieu, réponds-moi, réponds-moi ! »

Puis son cœur s'agita plein d'un étrange effroi,

Et le poids de la nuit oppressa sa poitrine.

Elle crut que c'était la réponse divine

Et se levant en hâte, un flambeau dans la main,

Par un mouvement brusque ouvrit le livre saint ;

Son doigt sans hésiter se posa sur la page ;

Son regard le suivit ; elle lut le passage :

« Sous un palmier. » « Ces mots, pensa-t-elle en fermant

La Bible, ne sont pas un avertissement ;

Pas de sens en ces mots, de réponse pas trace ! »

Puis elle s'endormit plus tranquille ou plus lasse.

Or voici que, baigné dans un jour éclatant,

Enoch sur un sommet était assis, chantant ;

Un palmier sur sa tête étalait son feuillage,

Et tout était doré comme une sainte image.

« Il chante l'hosannah sur les sommets très-hauts !

Pensa-t-elle, son âme a trouvé le repos,

Le repos éternel des âmes bienheureuses !

Il contemple en chantant les clartés radieuses. »

Le lendemain Annie, ayant ainsi rêvé,

Fit demander Philippe. Aussitôt arrivé :
« A quoi bon, lui dit-elle, attendre davantage ?
Rien ne s’oppose plus à notre mariage. »
« Annie, était-ce moi qui vous les demandais,
Dit Philippe étonné, ces étranges délais ? »

Pour les époux, l’église ouvrit son noir portique ;
La cloche s’agita dans le clocher gothique ;
Mais Annie entendit les carillons joyeux,
L’angoisse au fond de l’âme et des pleurs dans les yeux.
La vague inquiétude à la griffe qui serre,
A partir de ce jour, prit son cœur dans sa serre ;
Le silence pour elle avait des sons confus,
La solitude un pas qui ne la quittait plus.
Elle ne pouvait plus, cette pauvre angoissée,
Supporter d’être seule à la maison laissée,
Ni de s’en aller seule au dehors ; et, souvent,
Sur la porte sa main restait longtemps avant
Qu’Annie osât rentrer. « C’étaient là les misères
Dont les femmes, parfois, sur le point d’être mères,
Ont l’esprit obsédé, » pensait Philippe. Après
Que son enfant fut né, tous ces troubles secrets,

Annie, en renaissant, les sentit disparaître,
Comme si cet enfant avait changé son être;
Tout en elle à Philippe enfin s'était donné;
L'instinct mystérieux était déraciné.

Enoch, que faisait-il? Assailli par l'orage,
Dans la mer de Biscaye où la vague est sauvage,
Le brick *Bonne Fortune* avait bien résisté,
Puis, cinglant, de la terre avait franchi l'été.
Au delà, route heureuse. A la pointe africaine
Une tourmente : ensuite une mer incertaine
Et longtemps menaçante : après avoir encor
Franchi l'été du monde, auprès des îles d'or,
Le brick avait glissé sur la bleue étendue,
La voile par la brise incessamment tendue,
Et, sans bruit, dans un port de l'Orient rêveur,
Du voyage achevé la moitié, sans malheur.

Du fantasque Orient les ouvrages bizarres,
Sur les marchés d'Europe en ce temps étaient rares.
A peu de frais Enoch en fit provision;
Pour les enfants il mit en réserve un dragon.

Puis la *Bonne Fortune*, ayant toute sa charge,

Avait appareillé pour reprendre le large.

Autour du cabestan la chaîne avait grincé,

Le long des mâts luisants la toile avait glissé,

Et la vague, en s'ouvrant devant la proue aiguë,

Avait recommencé sa plainte interrompue.

D'abord, jour après jour, à peine balançant,

Et d'un cercle de mer dans un autre passant,

La statue à l'avant du vaisseau vit l'écume

Sous elle voltiger comme une blanche plume.

Plus tard tomba la brise; un long calme survint,

Et la voile longtemps fut dépliée en vain.

Le vent se releva; ce fut un vent contraire

Qui chassa le vaisseau de la route ordinaire.

Il fallut fuir devant la tempête; une nuit,

Sous un ciel noir, un cri se perdit dans le bruit

De l'ouragan. « Brisants ! » Un instant d'agonie,

Et cette traversée avait été finie !

Suspendus aux débris, sur les flots furieux,

Trois hommes seulement — Enoch était l'un d'eux —

Furent jetés vivants sur les rochers d'une île.

Le jour en se levant la leur montra fertile ;

Leur regard fit le tour de rivages déserts

Qu'enfermait de partout l'immensité des mers.

En cette île on eût dit que la bonne nature

Avait accumulé l'humaine nourriture :

Des gigantesques noix demandaient à s'ouvrir ;

Des fruits doux et dorés achevaient de mûrir ;

Sur des champs sans sillons ni limites chagrines

Des plantes découvraient à demi leurs racines,

Bulbes pleines d'un suc salubre et nourrissant ;

Et c'était la pitié de répandre le sang

Qui seule défendait d'un facile carnage

L'animal familier tant il était sauvage.

Une hutte en feuillage éleva son toit vert

Au sommet d'un vallon descendant vers la mer.

La hutte s'appuyait contre une roche usée

Qui s'était par degrés en caverne creusée,

Abri sûr où la nuit et ses vagues dangers

Faisaient pour leur repos rentrer les naufragés.

Ainsi, dans ce jardin d'Eden, sous ces ombrages,

Sous l'éternel printemps de ces riants rivages,

Ils vivaient prisonniers et sans contentement.
Enoch devait encor vivre plus tristement!

A l'un des naufragés, depuis la nuit fatale,
La mort avait au front mis son empreinte pâle :
Le plus jeune, un enfant, qui, blessé, mit trois ans
A languir, entouré de soins compatissants.
Quelques jours après lui, comme ils parcouraient l'île,
N'étant plus retenus auprès de leur asile,
Les deux qui d'être deux ne sentaient pas le prix
Trouvèrent un tronc d'arbre abattu ; leurs deux cris
Furent le même : « En faire une pirogue indienne !
Aller chercher la mort avant qu'elle ne vienne ! »
Bientôt les matelots firent briller le feu
Qui de l'arbre devait consumer le milieu.
Le compagnon d'Enoch, dans son ardeur suprême,
Poursuivit son travail sans souci de lui-même ;
Sous les feux du soleil il tomba, puis mourut.
Le dernier naufragé resta donc seul, et crut
Que cette mort disait à qui voulait l'entendre
Un mot venant de Dieu ; ce mot, c'était : attendre.

Attendre ! Il attendit. Jusqu'au pied des rochers
Qui jetaient vers le ciel leurs flèches de clochers,
Les collines montaient, couvertes de bois sombres
Où des ravins cachés faisaient courir des ombres.
Enoch voyait ces bois, ces monts aux fronts hautains
Et l'ombre sinueuse où couraient les ravins.
Les palmiers doucement agités par la brise,
Gémissant comme un lac quand un souffle le frise,
Laissaient tomber leur palme au gracieux contour
Au-dessus des sommets des arbres à l'entour;
L'oiseau dont l'aile a pris ses couleurs à l'aurore,
L'insecte éblouissant dont le vol est sonore,
Sous l'ombre de ces bois passaient comme un flambeau.
Enoch voyait la palme et l'insecte et l'oiseau.
La mer, en pénétrant dans les gorges profondes,
Des collines roulait le reflet dans ses ondes,
Fantastiques forêts des vertes profondeurs
Qui semblaient s'agiter pour rejoindre leurs sœurs.
Enoch voyait la mer et sa sombre verdure,
Il voyait ta splendeur infinie, ô nature !
Mais le visage humain, le cher visage humain,
Le regard languissant d'Enoch en avait faim.

Des myriades d'oiseaux tournoyant sur la plage
Poussaient incessamment leur cri rauque et sauvage ;
La vague au loin grondait comme un orage sourd,
Les grèves se plaignaient l'une à l'autre à leur tour ;
Le vent dans la forêt, le ruisseau dans la mousse
Mêlaient à cette plainte une plainte plus douce ;
Mais nulle part la voix de l'homme, seule voix
Qui des pensers d'Enoch eût allégé le poids ;
Pas même les échos de sa voix solitaire,
Car un trouble secret le forçait à se taire.

Parfois de l'Océan se brisant à ses pieds
Il contemplait les flots durant des jours entiers,
Les yeux toujours fixés sur la ligne incertaine
Où les cieux et la mer confondent leur domaine.
L'aurore illuminait les rochers sourcilleux,
Jetait sa flamme au tronc des palmiers écailleux,
Des taches d'or marquaient dans les bois la clairière,
La mer à l'orient s'embrasait tout entière,
Le cours de l'astre ardent atteignait son milieu,
La mer à l'occident à son tour prenait feu,

La nuit faisait lever étoile après étoile,
L'aurore renaissait, et toujours point de voile !

C'était près du sommet des pentes d'un vallon
Qu'Enoch venait s'asseoir et guetter l'horizon.
Le ciel et l'Océan, bleue et béante image,
Devant lui remplissaient un cadre de feuillage,
Et l'homme s'abîmait à tel point dans l'oubli
Que le lézard doré s'aventurait sur lui.
Le cortége léger des fantômes du songe
S'élevait hors de l'ombre où le jour les replonge ;
Autour du solitaire ils se pressaient nombreux,
Puis au delà des mers l'emportaient avec eux.
Ils lui faisaient revoir et la côte brumeuse,
Et la grève de sable, et la ville fumeuse,
Annie et les enfants, la chambre, le berceau,
La rue et le moulin, la pente du coteau,
La barque bondissant sur une mer obscure,
Le frisson de l'aurore empourprant la voilure,
Avec le blanc cheval l'entrée au vieux manoir,
Le retour par les prés à l'approche du soir,

L'ondée au doux murmure et les brouillards d'automn
Alors que sous les pieds frémit la feuille jaune.

Un jour, ainsi rêveur, il entendit dans l'air
Les cloches de la ville, un son lointain, mais clair,
Les cloches qui sonnaient à joyeuses volées.
Les visions s'étaient brusquement envolées.
A la réalité hideuse revenu,
Enoch fut accablé par un mal inconnu,
Un désespoir sans nom. Ah ! si, dans sa détresse,
Vers Celui que tout homme en se courbant confesse,
Et qui ne laisse seul nul être abandonné,
Son cœur mal résigné ne s'était pas tourné,
S'il n'avait pas livré son âme à la prière,
La solitude aurait tué le solitaire.

Cependant les hivers ramenaient les étés,
Et du front des vieillards aux cheveux argentés
Déjà le front d'Enoch avait pris l'apparence.
Dans son âme pourtant subsistait l'espérance ;
Il espérait encore et croyait au retour.
De sa captivité le terme vint un jour :

Un bâtiment, chassé de sa route ordinaire

Comme celui d'Enoch, après un vent contraire,

Et cherchant une terre où reprendre de l'eau,

S'arrêta près de l'île ; on avait, du vaisseau,

Au-dessus des brisants et de leur brume basse,

Reconnu d'un torrent l'éblouissante trace

Sur les sombres rochers. De nombreux matelots

Vinrent à la recherche ; étonnés, les échos

Répétèrent leurs cris. On vit alors un être,

A peine un être humain, hors d'un vallon paraître :

Sa tête secouait des flots de cheveux gris,

Sa barbe sur son sein laissait tomber ses plis ;

Un bizarre tissu d'écorce et de feuillage

Enveloppait ses flancs d'un vêtement sauvage ;

Il proférait des sons confus, d'étranges cris ;

Ses gestes faisaient signe aux matelots surpris

De le suivre, et, non loin, sur les pas de son guide,

La troupe découvrit une source limpide.

Bientôt la voix d'Enoch, au son des autres voix,

Bégaya quelques-uns des accents d'autrefois.

On fut autour de lui surpris de le comprendre ;

A bord du bâtiment, on offrit de le prendre,

Et là, quand son récit mieux compris eut ému
L'équipage, on couvrit son corps à demi nu ;
Et comme le navire allait en Angleterre,
Libre passage fut offert au solitaire.
Lui, cependant, lutta contre l'isolement ;
Il se rendit utile à bord du bâtiment.
Aucun homme, parmi tous ceux de l'équipage,
N'était du port d'Enoch, ni de son voisinage ;
Il ne put rien savoir. Que long fut le retour !
Qu'indolent fut le vent, et le navire lourd !
Que de fois, devançant la proue et son sillage,
Enoch avait en rêve achevé le voyage,
Lorsqu'enfin, un matin, avant l'aube, l'on vit
Des rochers se dresser, blancs spectres, dans la nuit,
Lorsqu'enfin le parfum des humides prairies
Descendit du sommet des falaises chéries.

Par pitié pour cet homme, et pour son abandon,
A bord on collecta ce matin même un don,
Qu'on offrit avec joie, avant de le conduire
A ce port qu'il avait quitté sur son navire.

6.

Là, sans ouvrir la bouche, Enoch prit le chemin
Qui de sa solitude allait marquer la fin.
Chaque pas l'approchait de sa maison... Chimère !
Lui restait-il encore quelque chose sur terre ?
Il marchait ; dans son cœur, plein d'un vague soupçon,
Une voix murmurait tristement : Ma maison !
Il marchait ; le soleil des fins de jours d'automne
S'entourait dans le ciel d'une pâle couronne,
Et les brouillards de mer montaient, monstres marins,
Hors des gouffres creusés par les deux ports voisins.
Bientôt un voile gris descendit sur la route,
Des arbres assombris découlant goutte à goutte ;
Sur les champs s'étendit une morne lueur ;
Le chemin s'entoura de deux murs de vapeur
Qui ne laissaient passer qu'une lisière étroite
De chaume humide à gauche et de labour à droite.
Dans la haie, en tombant, la feuille frémissait,
Soupirant à côté de l'homme qui passait,
Et le doux rouge-gorge, au cri mélancolique,
De buisson en buisson se donnait la réplique.
La brume devint sombre ; à travers le brouillard,
Enoch enfin vit luire un jour jaune et blafard :

C'était la ville. Aucun des plus sombres fantômes

Qui, devant un malheur, apparaissent aux hommes,

Ne manquait au cortége environnant ses pas,

Quand Enoch vit la rue et se dit : « C'est là-bas ! »

Il marcha, ne voyant devant lui que les pierres

Du pavé, puis leva les yeux... Point de lumières !

Devant lui se dressait sombre et silencieux

Ce qu'il se rappelait lumineux et joyeux :

Son travail, son bonheur, sa femme bien-aimée,

Ses enfants, sa maison... une maison fermée !

En regardant de près, il vit un écriteau

De vente sur la porte ; il reprit de nouveau

Sa marche et s'éloigna lentement de la porte,

Murmurant : « Elle est morte, ou pour moi comme morte

Donc Enoch descendit vers le port. Il cherchait

Un cabaret percé dans un mur qui penchait,

Une vieille taverne, et qu'il avait connue

De tout temps ; elle était déjà si vermoulue,

Sa soupente effondrée était d'un bois si noir,

Quand il était parti, qu'il gardait peu d'espoir

De la trouver debout. Il la trouva, non l'hôte;

Sa veuve, Miriam, s'appauvrissait : la faute

En était aux marins déserteurs de l'endroit,

Maintenant si tranquille, autrefois trop étroit

Et sans cesse bruyant. Malgré sa décadence,

Vers cette auberge encor un voyageur, par chance,

Un pauvre voyageur, parfois était conduit;

Il y trouvait un lit : d'Enoch, ce fut le lit.

La vérité fatale, il craignait de l'entendre,

Et d'abord il n'osa rien faire pour l'apprendre;

Mais l'hôtesse bavarde, après un jour ou deux,

D'elle-même entretint l'hôte silencieux

Des mille événements dont elle avait mémoire.

Pouvait-elle choisir une meilleure histoire

Que l'histoire d'Enoch? Ce visage flétri

N'avait pas d'un soupçon traversé son esprit.

Elle dit son histoire : Enoch partait; Annie

Essayait bravement, personne ne le nie,

Du métier de marchande; elle y perdait son temps.

Le succès n'est pas fait pour les plus méritants;

Le cadet des enfants (on prétend que le père
Est venu l'appeler) allait au cimetière.
Alors la pauvre femme avait pris un mal noir,
Un découragement pis que le désespoir;
Les enfants grandissaient; c'eût été bien dommage
Que personne pour eux n'eût payé l'écolage.
Philippe était venu; c'était bien de sa part
D'avoir laissé passer du temps sur le départ
Du mari; car l'on dit que Philippe, dans l'âme,
Depuis tout jeune, avait de l'amour pour la femme;
Mais un bien honnête homme! Il apportait un peu
De joie à la famille; un envoyé de Dieu!
Puis, d'année en année, on vit mieux la blessure
De son cœur se montrer sur sa pâle figure.
Mais Annie hésitait et semblait préférer
(On dit qu'elle en pleurait la nuit) de différer
Son mariage. Enfin, ce jour-là, tout le monde
L'avait vue à l'église encor bien belle et blonde.
Miriam ajouta qu'elle avait maintenant
Un enfant. Or, à voir cet homme se tenant,
Pour écouter l'histoire, accoudé sur la table,
A voir de son regard le calme inaltérable

Durant tout le récit, personne n'eût pensé
Qu'il y fût autrement qu'un autre intéressé.
Seulement, quand après que l'histoire fut close,
Elle dit : « Le pauvre homme ! » en manière de glose,
« On voit bien maintenant qu'il est perdu ! » l'homme eut
Un acquiescement et répéta : « Perdu ! »

Ne la jamais revoir ! laisser ses yeux s'éteindre
Sans une fois encor de son regard l'étreindre !
Année après année avoir en vain langui !
C'était l'âpre combat qui se livrait en lui.
« Un seul regard sur elle, un seul, pas davantage !
Pensait-il. Ne pourrais-je entrevoir son visage ?
Y lire le bonheur me serait un plaisir. »
Et souvent il errait en proie à ce désir.
Un jour froid de novembre, au moment où précaire,
Un reste de clarté s'attardait sur la terre,
Il vint sur la colline et s'assit. A ses pieds,
Partout des souvenirs se dressaient par milliers ;
C'était un dur martyre, et cette heure était celle
De la dernière lutte et de la plus cruelle.

Alors, au bas du pré, dans le sombre brouillard,

Le feu d'une fenêtre attira son regard.

Il se leva devant cette épreuve suprême ;

Il fallait obéir : la force était la même

Qui va chercher l'oiseau dans son vol, et l'abat,

Si près qu'il soit du ciel, palpitant sur l'appât.

La maison de Philippe était sur la frontière

De la ville et des prés, qui s'étendaient derrière ;

Et du côté des prés, un jardinet carré

S'avançait ; il était de trois murs entouré.

Un vieil if y tordait son éternel ombrage,

Et des sentiers couverts des galets du rivage

Couraient le long des murs, et revenaient enfin

Vers la maison, passant au milieu du jardin.

Ce n'est pas ce sentier qu'Enoch suivit ; dans l'ombre

Du mur, il se glissa jusque sous l'arbre sombre,

Et là s'offrit à lui ce qu'il désirait voir.

Le chêne reluisant et bruni du dressoir,

L'argent au reflet rouge et les tasses d'albâtre

Rivalisaient d'éclat sous la flamme de l'âtre,

Et ce rayonnement joyeux et familier

Ajoutait de la joie à la paix du foyer.

Ensemble ils étaient là, devant la flamme vive :

Philippe n'avait plus la figure plaintive

Du timide amoureux d'autrefois ; le bonheur

En avait fait un homme en sa pleine vigueur ;

Pesant sur son épaule, une plus jeune Annie,

Une vierge élancée, à la taille qui plie,

A l'enfant qu'il tenait sur ses genoux couché,

Offrait un anneau d'or par un fil attaché ;

L'enfant tendait les bras, et ses mains potelées

Par la bague oscillante étaient en vain frôlées ;

Et de l'autre côté du foyer, un garçon

Robuste, et d'un visage à la fois rude et bon,

Etait debout auprès de sa mère ; elle, assise

Et renversée un peu, comme lorsqu'on devise,

Sans doute avait trouvé le secret d'entr'ouvrir

Les lèvres de son fils, qui riait de plaisir,

Et tout en lui parlant, se tournait souriante

Vers le groupe où régnait une gaîté bruyante.

Tout ce qu'Enoch voyait, il l'avait entendu
Déjà de Miriam sans en paraître ému ;
Ce tranquille tableau, derrière le vitrage,
Il aurait pu d'avance en décrire l'image.
Eh bien ! quand Enoch vit sa chère femme, oui,
Sa femme et ses enfants, qui n'étaient plus à lui,
Et ce petit enfant dont elle était la mère,
Et cet homme à sa place, à sa place de père ;
Il saisit à deux mains une branche de l'if,
Qui trembla tout entier d'un frisson convulsif,
Et l'étreinte effroyable étouffa dans sa bouche
Un cri plus effroyable, un hurlement farouche
Qui, passant sur ce toit, ce foyer, n'eût laissé
Qu'épouvante et remords après avoir passé.

Alors, comme un voleur qui dans l'ombre se glisse,
Et, de peur qu'une pierre en grinçant le trahisse,
Assure, à chaque pas, avec lenteur son pied,
Et s'appuyant au mur qui bordait le sentier,
Il marcha, chancelant, ayant la crainte horrible,
Avant d'être sorti, de tomber insensible.

Enfin, il atteignit la porte du jardin,

Après lui la ferma sans en ôter la main,

Comme l'on fait de peur qu'une porte ne crie,

Puis il fit quelques pas dehors sur la prairie.

Il se mit à genoux ; mais ses genoux alors

N'eurent plus le pouvoir de supporter son corps.

Il tomba, de ses mains creusant l'humide terre,

Et pria : « C'est bien dur à supporter, ô Père !

Dieu juste, je voudrais n'être pas revenu !

Soutiens-moi maintenant, toi qui m'as soutenu !

Donne-moi qu'elle soit jusqu'au bout achevée,

Cette œuvre de silence et de paix conservée !

Qu'elle ne sache pas !... qu'elle ne sache rien !

Sois-moi contre moi-même, ô Jésus, un soutien !

L'épreuve a de mon âme épuisé le courage ;

Pour la dernière fois, j'ai vu votre visage,

Mes enfants !... » Et ce cri, dernier cri de sa croix,

Suspendit à la fois sa pensée et sa voix.

Il gisait comme mort. Quand il recouvra l'être,

Il sentit avec lui sa volonté renaître ;

Il se leva, marcha; ses pas mal affermis
Trouvèrent leur chemin vers son triste logis,
Et le long de la rue, il avait dans la tête
Comme un de ces refrains qu'on répète et répète,
Quand on est harassé, sans les comprendre bien :
« Elle ne saura pas! elle ne saura rien! »

Dans sa souffrance, Enoch goûtait la joie austère
D'avoir lutté, d'avoir fait ce qu'il devait faire;
Son désespoir n'était que celui d'un chrétien;
L'espoir en Dieu du Christ était aussi le sien.
La prière montait de son âme fervente,
A travers son malheur, source toujours vivante;
Une source jaillit ainsi du fond des mers,
Et l'eau douce bouillonne au sein des flots amers.
Un jour, à Miriam il demanda : « La femme,
La femme du meunier, n'a-t-elle pas dans l'âme
La peur que son mari ne soit vivant encor?
— Hélas! dites-le-lui, si vous l'avez vu mort,
Dites-le-lui, brave homme, et ce sera pour elle,
Si vous l'avez vu mort, une bonne nouvelle, »

Répondit Miriam. Il se dit : « Il faudra

Qu'elle apprenne ma mort, lorsque Dieu le voudra ;

Car ma vie est à Dieu : que Lui seul m'en délivre. »

Il fallut travailler, puisqu'il lui fallait vivre.

L'aumône, quelle honte ! Enoch avait des mains

Qui n'ignoraient aucun des ouvrages marins :

Tour à tour, son ciseau foulait dans la crevasse,

Au flanc de quelque barque, une épaisse filasse ;

L'odorante résine, opiniâtre ciment,

Coulait sous son pinceau hors du chaudron fumant ;

Les pêcheurs confiaient à sa tranquille adresse

Leurs filets que les flots jaloux rongent sans cesse ;

Ou bien, lorsqu'un navire arrivait dans le port,

Ses pas pliaient la planche allant de terre à bord,

Et ses bras, demeurés forts malgré la souffrance,

Pour les plus lourds fardeaux avaient la préférence.

Enoch ainsi gagnait au jour le jour son pain,

Mais sans le moindre effort pour augmenter son gain ;

Qu'importait maintenant de rester misérable ?

Le bien-être n'avait plus rien de désirable !

Aussi, lorsque du temps l'aiguille ayant tourné,

Revint marquer le jour qui l'avait ramené,

Enoch sentit son œuvre à son terme venue
Et l'heure du repos clairement obtenue.
La douce maladie eut un progrès très-lent ;
Le malade, longtemps, ne fut que nonchalant ;
Mais il s'affaiblissait, et pour être insensible,
La pente n'en était que plus irrésistible.
Il cessa de sortir de la vieille maison
D'abord ; puis un jour vint qu'un lit fut sa prison.
Et, debout sur le roc où l'a jeté l'orage,
Le naufragé qui voit s'entr'ouvrir un nuage
Et paraître une voile, en est moins réjoui
Qu'Enoch quand un rayon de mort tomba sur lui.

Et cette aube mêlait à sa splendeur sereine
Quelques rayons plus doux d'affection humaine :
Il pensait avec joie : « Elle saura comment
J'ai vécu si près d'elle et suis mort en l'aimant. »
Alors, il appela Miriam : « Femme, jure,
Lui dit-il gravement, sur la sainte Ecriture,
De ne pas révéler, avant de me voir mort,
Ce que je vais te dire. Ecoute ; mais d'abord,

Jure ! — Mort ! dit la femme ; allons, allons, mon brave,

On revient de plus loin : le mal n'est pas si grave.

— Jure, » reprit Enoch, et ce seul mot fut dit

De façon que la femme, ayant peur, étendit

Sur la Bible sa main et jura le silence.

Les grands yeux gris d'Enoch, imposant confiance,

S'attachèrent sur elle ; il dit : « Te souviens-tu

D'Enoch Arden ? — D'Enoch ? je l'aurais reconnu

D'en bas la rue en haut, dit-elle, à la manière

Dont il portait la tête, à sa démarche fière.

Il ne craignait personne, allez, cet homme-là ! »

Avec mélancolie, Enoch dit : « Le voilà !

— Vous ! ce n'est pas possible ! Arden, vous ! cria-t-elle,

Vous voulez vous railler, vous me la donnez belle ;

Il était d'un grand pied plus grand que vous, ma foi !

— C'est que le bras de Dieu s'est alourdi sur moi,

Dit Enoch ; pour courber ma tête vers la terre,

Tout ce que j'ai souffert n'était pas nécessaire.

La femme de Philippe a de justes terreurs ;

Je suis Enoch !... du moins je l'étais, car je meurs.

Et maintenant, écoute. » Il conta son voyage,

Et comment il était resté seul du naufrage ;

Puis son retour; comment il l'avait vue un soir,

Le vœu qu'il avait fait de ne plus la revoir,

Et comment, jusqu'au bout, il y restait fidèle.

Miriam sanglotait; naïve, dans son zèle,

Elle était par instants sur le point de courir

Dehors, en proclamant Enoch comme un martyr;

Mais la peur du serment combattait son envie.

Elle dit seulement : « Laisseriez-vous la vie

Sans revoir vos enfants? Je vais vous les chercher ! »

Et se levant, déjà commençait à marcher;

Et lui, la laissa faire un pas ou deux peut-être,

Comme un instant d'oubli qu'il pouvait se permettre.

« Rassieds-toi, lui dit-il, et mot pour mot retiens

Ce que je vais te dire, et le redis aux miens;

Ecoute, Miriam, tu peux m'entendre encore,

Mais sous le doigt de Dieu ma bouche va se clore.

C'est elle, entends-tu bien, que tu verras d'abord :

O Miriam, dis-lui, dis-lui que je suis mort

En priant Dieu pour elle et du fond de mon âme,

En l'aimant de l'amour que j'avais pour ma femme;

Dis-lui que doucement mes jours se sont finis,

Que je la sais heureuse et que je la bénis.

Dis à ma fille aussi qu'au moment où j'expire,

Sa douce et blonde tête auprès de moi vient luire,

Et que je la bénis. Dis à mon cher garçon

Qu'il est béni par moi, qui lui laisse mon nom.

Dis à Philippe, enfin, qu'il ne faut pas qu'il pense

S'être rendu coupable envers moi d'une offense,

Que je meurs son ami, son ami d'autrefois,

Et que je l'ai béni de ma mourante voix.

Retiens ce que j'ai dit; ensuite, il se peut faire

Qu'après moi mes enfants veulent revoir leur père :

Ils ont perdu de lui tout vivant souvenir;

Tu pourras, Miriam, eux, les laisser venir,

Mais elle, non; ses yeux connaissent mon visage

Tel qu'il fut autrefois, qu'ils en gardent l'image.

Ecoute encor ceci : quelqu'un m'attend déjà

Où je serai bientôt, car l'un des miens est là;

Ces cheveux sont les siens; à sa tête chérie

Ils ont été pour moi dérobés par Annie.

Ils ne m'ont pas quitté, ces pauvres chers cheveux,

Et je ne voulais pas d'une tombe sans eux;

Mais maintenant, j'y songe, au séjour de lumière,

C'est mon âme à le voir qui sera la première,

Et peut-être qu'aussi, non sans quelque douceur,

Celle à qui je les rends les mettra sur son cœur.

Blonde boucle d'enfant, tu m'es un témoignage

Que je suis bien Enoch ! »

                              Ce fut là son langage.

Et Miriam mit tant de prodigalité

A jurer d'accomplir toute sa volonté,

Qu'une seconde fois son regard vint sur elle,

Qu'une seconde fois de sa bouche fidèle

Chacun des mêmes mots sortit plus lentement,

Et qu'une fois encor la femme fit serment.

Et la troisième nuit après ce jour-là, comme

La bonne Miriam veillait auprès de l'homme

Qui, pâle, sommeillait, il vint de l'Océan

Le gigantesque appel de quelque flot géant,

Et les maisons du port et leurs vieux murs de brique

Rendirent sous le choc un grand bruit métallique.

Il s'éveilla, dressa son corps, tendit les bras,

Cria d'une voix forte : « Une voile là-bas !

Sauvé ! » Puis il tomba lourdement en arrière,
Et tel fut le départ de cette âme guerrière.

Le nom d'Enoch Arden mit la ville en émoi;
Elle vint tout entière en deuil à son convoi.

LONGFELLOW

LONGFELLOW

———

LE PSAUME DE LA VIE.

Ne dites pas, mornes poëtes,
Que tout est songe et vanité;
Endormeurs d'âmes que vous êtes,
Sachez voir la réalité.

L'espoir de toute âme sincère
Du tombeau traverse la nuit.
Poussière, retourne en poussière,
N'a pas été dit à l'esprit.

Ni le bonheur ni la tristesse
Ne sont le but ni le chemin ;
Nous avons à monter sans cesse
D'un aujourd'hui sur un demain.

L'œuvre est lente et le Temps se hâte,
Le cœur est brave, mais il faut
Comme un tambour de deuil, qu'il batte
Une marche vers un tombeau.

Au joug du destin sois rebelle,
Ne cesse pas de guerroyer ;
Chaque jour, bataille nouvelle ;
Sois dans la mêlée un guerrier.

Laisse au passé la tombe triste,
Ne caresse aucun avenir.
Agis, le présent seul existe ;
Songe que Dieu te voit agir.

La voix des grands hommes nous crie
Comment notre œuvre nous survit ;

Rendre sublime notre vie
De la loi du Temps l'affranchit.

Empreints dans le sable des âges,
Nos pas seront le conducteur
D'un frère égaré sur les plages
Où vient échouer le malheur.

Ainsi debout, quoi qu'il arrive,
Debout, vous tous au cœur vaillant ;
Il faut que l'œuvre se poursuive,
Sachons attendre en travaillant.

LE JOUR DE PLUIE.

C'est un jour froid et sombre, un jour plein de tristesse,
        Il pleut ; le vent n'a point de cesse.
        Au mur la vigne en frissonnant se tient,
        Mais laisse s'envoler, quand la rafale vient,
            Ses feuilles en nuée épaisse.

Lugubre et froide aussi ma vie est maintenant ;
        Il pleut, le vent n'a point de cesse :
        Je lui résiste, au passé me tenant,
Mais ils tombent épais, mes espoirs de jeunesse ;
        C'est un jour rempli de tristesse.

Calme-toi, pauvre cœur, il se peut qu'au regard
        Le soleil longtemps disparaisse ;
Mais il brille au-dessus de ce dôme blafard ;
        Accepte donc docilement ta part,
        Ta part de jours pleins de tristesse.

RÉSIGNATION.

Il n'est pas de troupeau, quelle garde qu'on fasse,
    Dont un agneau ne manque un soir;
Il n'est pas de foyer qui n'éclaire une place
    Où quelqu'un ne vient plus s'asseoir.

Partout la voix humaine est de pleurs étranglée,
    Partout des morts et des vivants,
Et Rachel veut pleurer sans être consolée,
    Car elle pleure ses enfants.

Oh, soyons patients! Ces épreuves sévères
    Ne sauraient venir que du ciel;
Les bénédictions, célestes messagères,
    Ont souvent un aspect cruel.

Les vapeurs de la terre élèvent leurs ténèbres
    Entre nos yeux et la clarté,
Et font que nous prenons pour des lampes funèbres
    Des rayons d'immortalité.

8.

Parce que notre vue est bornée et mortelle,
> Mourir nous est un mot de deuil.
La vie est le chemin de la vie éternelle ;
> Mourir, c'est en franchir le seuil.

Notre enfant est vivante ! elle est, notre chérie,
> Dans une école où désormais
Aux leçons du Sauveur notre cœur la confie
> Bien mieux qu'à nos soins imparfaits.

La foule des enfants par des anges suivie
> Y goûte de tranquilles jeux,
Et c'est là qu'à l'abri des péchés de la vie
> La chère enfant joue avec eux.

Chaque jour nous disons, pensant à sa journée :
> Qu'est-ce qu'elle fait aujourd'hui ?
Nous ne la quittons pas et, d'année en année,
> Nous trouvons l'enfant embelli.

Ainsi notre pensée est un lien fidèle
> Qui va de nous à notre enfant,

Et sans même parler, en nous souvenant d'elle,
Nous savons qu'elle nous entend.

Ainsi nous poursuivons notre pèlerinage
En l'accompagnant d'ici-bas;
Et lorsque, parvenus au terme du voyage,
Nous la reverrons dans nos bras,

Son âme épanouie aura sa pure image
Sur son visage lumineux,
Et la céleste enfant alors aura pour âge
L'âge éternel des bienheureux.

Et bien que trop souvent, la lutte courageuse
Se termine par des sanglots, —
Car le cœur est semblable à la mer orageuse
Qui ne connaît pas le repos, —

Nous serons patients ! S'il n'est pas de contrainte
Capable d'arrêter nos pleurs,
Nous rendrons par degrés notre douleur plus sainte,
Plus rares les sanglots vainqueurs.

LES MAÇONS.

Le temps bâtit un temple immense
Où chacun de nous est maçon;
L'un fait la massive action,
L'autre travaille à l'élégance.

Avec le but tout cadre bien;
Tout est complet, rien d'inutile,
Et ce qui peut sembler futile
De tout le reste est le soutien.

Pour travailler à l'édifice,
Le Temps met nos jours dans nos mains,
Nos aujourd'huis et nos demains
Sont les pierres de la bâtisse.

Que chaque pierre se façonne,
Ne laissons pas de fente aux joints,

Ne sont-ils donc vus de personne,
Les soins sans hommes pour témoins?

Autrefois le sculpteur antique
Achevait et polissait tout
Avec un ordre méthodique,
Car les dieux savent voir partout.

Avec un zèle aussi candide,
Travaillons près ou loin des yeux,
Faisons, selon le cœur des dieux,
Un palais pur, fini, splendide.

Ces murs éternels garderont
La trace de notre existence;
Donnons à nos jours l'ordonnance
D'un pilier que rien n'interrompt.

Base solide, inébranlable,
Faisons un soutien d'aujourd'hui;
Demain saura sur cet appui
S'élever haut et s'asseoir stable.

Toute autre vie espère en vain
Atteindre à la haute tourelle
D'où le monde entier se nivelle,
D'où l'horizon s'étend sans fin.

L'ÉCHELLE DE SAINT AUGUSTIN.

Saint Augustin, tu l'as bien dit :
Nos péchés nous font une échelle ;
Chaque faute nous ennoblit,
Si nous mettons le pied sur elle.

Pas de si chétive action,
Et si souvent recommencée,
De si fugitive pensée,
Où ne se cache un échelon.

Oui ! faire à dessein apparaître
Des autres les défauts secrets ;
Oublier que le vin est traître,
Ne pas éviter tout excès ;

A la vanité satisfaite
Sacrifier la vérité ;

Contre des rêves qu’on regrette
Durcir un cœur désappointé ;

Même une chose déshonnête
Qu’on se laisse aller à penser ;
Tout ce qui fait que l’on s’arrête
Où le bien serait d’avancer ;

Il faut que tout cela s’écrase
Sous les pieds longtemps entravés ;
Ces débris foulés sont la base
De tous les destins élevés.

Des ailes nous sont refusées,
Mais nos pieds nous en tiennent lieu ;
Les cimes seront maîtrisées,
Si chaque pas s’élève un peu.

De loin, la pyramide altière
Monte d’un seul jet vers les cieux ;
De près, ses vastes flancs de pierre
Sont des degrés majestueux.

Là-bas, un mont inaccessible
Semble défier tout effort,
Mais un sentier devient visible
Du haut d'un premier contre-fort.

Pas un grand homme dont l'histoire
Ne soit des pas vers un sommet.
Tous ont veillé dans la nuit noire,
Tandis qu'autour d'eux l'on dormait.

Debout sur la place où, d'avance,
Nous craignions de porter les yeux,
Nous saurons voir, sans défaillance,
Des sommets plus hauts, plus nombreux.

Et le passé n'est pas un rêve
Qui s'envole inutile et creux,
Si toute ruine nous soulève
Sur ses décombres vers le mieux.

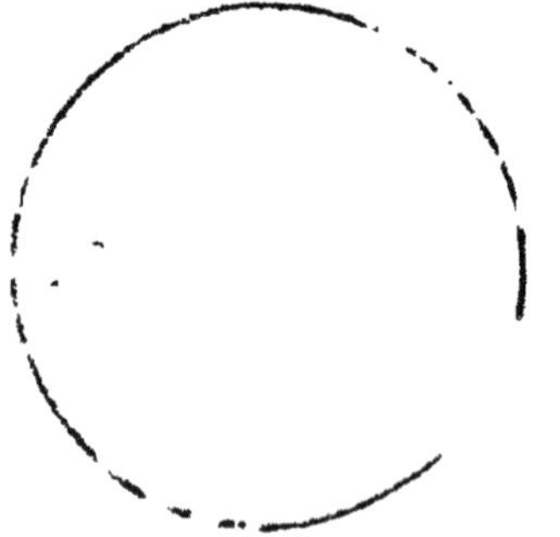

FATIGUE.

O petits pieds d'enfants dont la future empreinte
Sur un si long chemin d'espérance et de crainte
    Vous verra souvent vous meurtrir;
Moi plus près du séjour où le repos commence,
La fatigue me prend pour toute la distance
    Que vous avez à parcourir.

Petites mains d'enfant qui, faibles ou puissantes,
Doivent dans l'avenir agir obéissantes,
    Ou bien, maîtresses, ordonner;
Moi si longtemps penché sur la plume et la page,
La fatigue me prend en songeant à l'ouvrage
    Que votre sort est de donner.

O petits cœurs d'enfants que la jeunesse enfièvre,
Impatients enfants, de la coupe à la lèvre
    Ignorant la distance encor;

Mon cœur a renfermé la passion brûlante,

Mais le feu d'où sortait la flamme étincelante

Maintenant sous la cendre dort.

Blanches âmes d'enfants, essence cristalline,

Purs rayons de soleil, de leur source divine

Gardant l'éclatante splendeur;

Que mon soleil couchant semble rouge, au contraire,

Et combien du passé la brumeuse atmosphère

Mêle à mon âme sa vapeur.

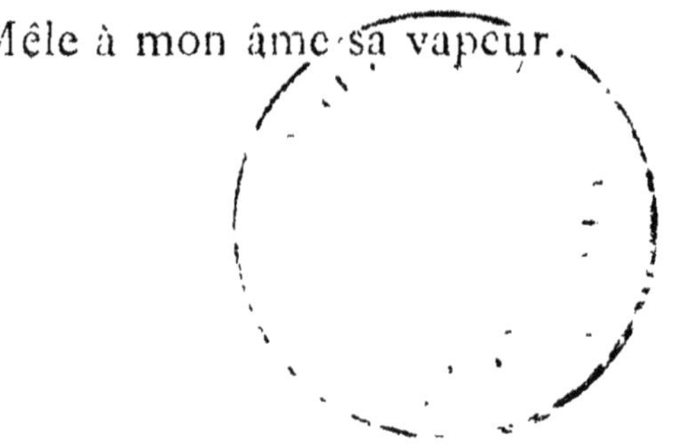

TABLE

Paris. — Typ. de Ch. Meyrueis, rue Cujas, 13. — 1870

PARIS. — TYPOGRAPHIE DE CH. MEYRUEIS

13, rue Cujas.

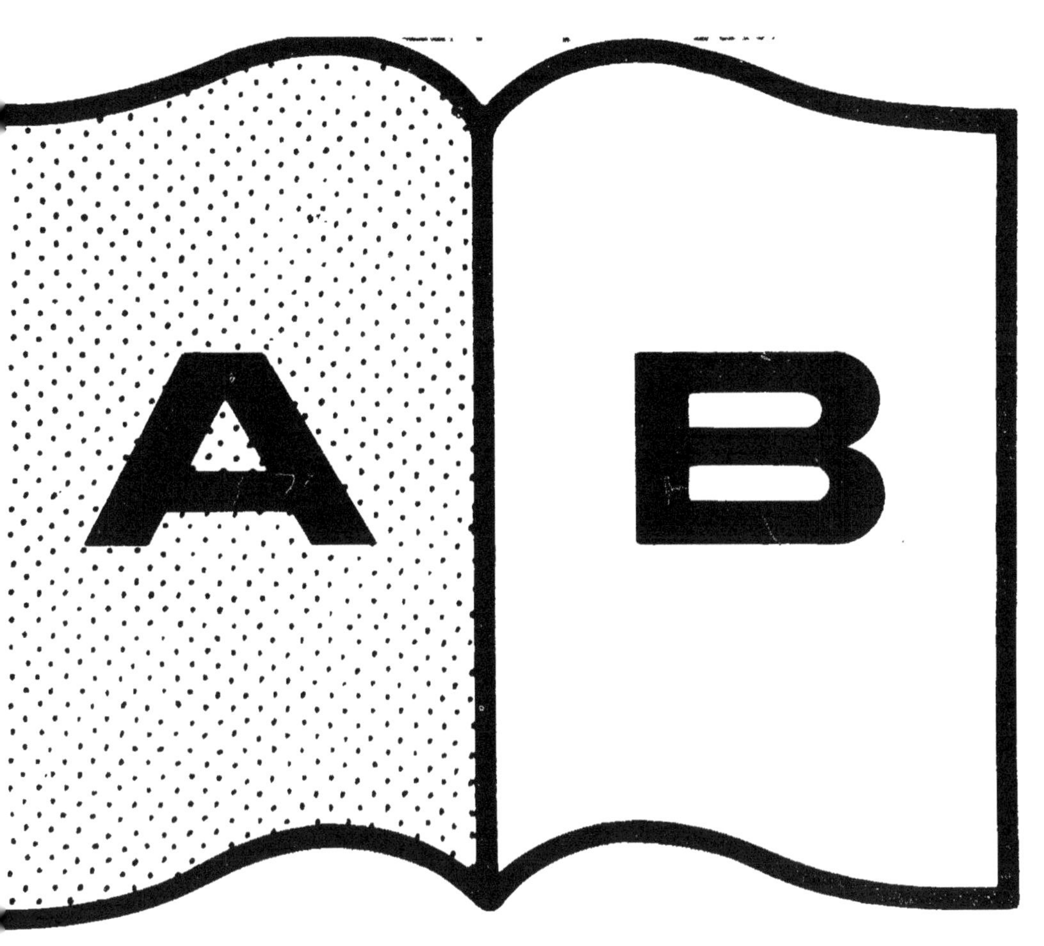

Contraste insuffisant

NF Z 43-120-14